近代名家首版著作導讀叢書

中國中古文學史講義

導讀

劉師培 著

上海科学技术文献出版社
Shanghai Scientific and Technological Literature Press

中國中古文學史講義

图书在版编目(CIP)数据

《中国中古文学史讲义》导读/刘师培著. —上海:上海科学技术文献出版社,2020
(近代名家首版著作导读丛书)
ISBN 978-7-5439-8063-1

Ⅰ.①中… Ⅱ.①刘… Ⅲ.①中国文学—古代文学史—文学史研究—汉代②中国文学—古代文学史—文学史研究—魏晋南北朝时代 Ⅳ.①I209.3

中国版本图书馆 CIP 数据核字(2020)第 004465 号

组稿编辑:张 树
责任编辑:苏密娅

《中国中古文学史讲义》导读

刘师培 著

*

上海科学技术文献出版社出版发行
(上海市长乐路 746 号 邮政编码 200040)
全 国 新 华 书 店 经 销
四川省南方印务有限公司印刷

*

开本 880×1230 1/32 印张 8 字数 160 000
2020 年 5 月第 1 版 2020 年 5 月第 1 次印刷
ISBN 978-7-5439-8063-1
定价:108.00 元
http://www.sstlp.com

导　读

刘师培(1884—1919),字申叔,号左盦,江苏仪征人。从曾祖刘文淇开始,四代接续研究《春秋左传》,学术界称为“仪征刘氏”。

《中国中古文学史讲义》是1917—1918年刘师培在北京大学讲授中国古代文学史时所编的讲义之一,时代以汉魏至五代为限,是系统研究中国中古时期文学历程的开山之作。全书共五讲:包括《概论》《文学辨体》《论汉魏之际文学变迁》《魏晋文学之变迁》和《宋齐梁陈文学概略》。本书着重介绍和研究了汉魏、魏晋文学的变迁以及宋齐梁陈文学概略,并对历代经学研究的渊源流派以及两汉政治学、种族学、伦理学等进行了深入考究与探讨。作者纵览群书,把近代西方社会科学研究方法和成果吸收到中国传统文化研究中来,以西学诠释中学,比较南北学风,区别汉魏六朝,旁征博引,开拓了传统文化研究的新境界。

中國中古文學史講義

寧武
南氏
校印

中國中古文學史講義

儀徵劉師培申叔

第一課　概論

物成而麗交錯發形分動而明剛柔判象在物僉然文亦猶之惟是捈欲通噓紘埏實同偶類齊音中邦臻極何則准聲署字修短揆均字必單音所施斯適遠國異人書違頡誦翰藻弗殊侔均斯遜是則音泮輕軒象昭明兩比物醜類泯蹟從齊切響浮聲引同協異乃禹域所獨然殊方所未有也

此一則明儷文律詩爲諸夏所獨有今與外域文學競長惟資斯體

易大傳曰物相雜故曰文論語曰郁郁乎文哉由易之說則靑白相比玄黃厝雜之謂也由語之說則會集眾彩含物化光之謂也嗣則淩長說文詁遣相詮成國釋名即繡爲辟淮萌造字

之基顧題正名之指文匪一端殊途同軌必重明麗正致飾盡亭綴兆舒疾周旋矩規然後攷命物以極情性觀形容以況物宜故能光明上下劈措萬類未有志白賁而試翰如執素功以該績事者也

此一則申明文詁俾學者顧名思義非偶詞儷語弗足言文文區科臬流衍萬殊董賈擿詞未均羨紬彥和綜律始闡音和清濁周疏間世斯審後賢所闇古或未昭何則人性之能別聲被色而已聲弗過五而生變比音弗可勝奏色弗過五而成文不亂不可勝宣故舞溢在庭方員自形蕤賓孔和林鍾遐應因物而作或秉自然至若龍璪齊暉上下異昭笙鏞節律間代而鳴彰彩諧音卒繇世巧由是而言前哲因情以緯文後賢截文以適軌故沈思翰藻今古斯同而美嫓黃裳六朝臻極輓近論文恆以後弗承前爲詬然六爻之位皆繇左右翦偶隆奇易云

成列況周晚玉藻前後遂延驟易夏收必乖俛仰至於律呂宮商雖基沈淪然錫鑾失和雖有金輅樊纓末由昭其度雙璜錯鳴雖有韓輱幽衡末由侑其娓故文而弗儷治絲以棼之說也儷不和律琴瑟嫥壹之說也

此一則證明齊梁文詞於律爲進弗得援後世弗遾程律之作上薄齊梁

著誠去僞從質舍文兩詞類似旨弗同科世儒瞀猶以質詮誠不知說而麗明物暌斯類明不可息冥升奚貞古入公門必彰列彩雜能是習不愆安禮火龍可賤於昔蔑間夫蔑席之平素衣之襮猶必晝純鑠其華朱緯煒其裼況於記久明遠經緯天地者乎孔崇先進旨主刺時故有質無文葛盧垂貶質果可復則是彪蒙匪吉虎炳匪孚子羽未可休棘成未足絀也又隋唐以前便章文筆五代而降桴類翕觀福褐在躬襲蒙袞裳之名

士鍘是飯因云雕俎可齊董仲舒有言名生於眞非其眞弗以爲名背厥眞名此萬民所由喪察也

此一則詮明沈思翰藻弗背文律歸茅方姚之倫弗得以華而弗實相訾

文崇六代惟主考型若夫宣究流衍撢引緒耑習肆所及兩漢實先譬之大饗丹漆絲纊庭實旅陳斯蒲稾秸兼昭貴本於禮有然庸傷厲反况復嫺習雅故底究六籍揚馬張蔡各臻厥茂伐柯取則執一封越率迪衆長或庶幾焉

此一則明六朝以前之文必當研習

第二課　文學辨體

此篇以阮氏文筆對爲主特所引羣書以類相從各附案詞以明文軌

晉書蔡謨傳文筆議論有集行於世

宋書傅亮傳高祖登庸之始文筆皆是記室參軍滕演北征廣固悉委長史王誕

北史魏高祖紀有大文筆馬上口授

魏書溫子昇傳臺中文筆皆子昇爲之

北史溫子昇傳張皐寫子昇文筆傳於江外

北齊書李廣傳畢義雲集其文筆十卷

陳書陸琰傳其所製文筆多不存本

陳書劉師知工文筆

陳書徐伯陽傳年十五以文筆稱

據上九證知古云文筆猶今人所云詩文詩詞確爲二體

南史顏延之傳宋文帝問延之諸子才能延之曰竣得臣筆測得臣文

據上一證知文之與筆弗必兩工猶今工文者弗必工詩也

梁元帝金樓子立言篇云今之門徒轉相師受通聖人之經者謂之儒屈原宋玉枚乘長卿之徒止於辭賦則謂之文今之儒博窮子史但能識其事不能通其理者謂之學至如不便爲詩如閻纂善爲章奏如伯松若是之流泛謂之筆吟詠風謠流連哀思者謂之文

又云筆退則非謂成篇進則不云取義神其巧惠筆端（案惠慧古通）而已至如文者惟須綺縠紛披宮徵靡曼脤吻遒會情靈搖蕩而古之文筆今之文筆其源又異

劉勰文心雕龍總術篇云今之常言有文有筆以爲無韻者筆也有韻者文也

據上三證是偶語韵詞謂之文凡非偶語韵詞概謂之筆蓋文以韵詞爲主無韵而偶亦得稱文金樓所詮至爲昭晰

漢書樓護傳長安號曰谷子雲筆札

梁書任昉傳尤長載筆
南史沈約傳彥昇工於筆
陳書徐陵傳國家有大手筆命陵草之
陳書陸瓊傳討周迪陳寶應等都官符及諸大手筆幷敕付瓊
唐書蔣偕傳三世踵脩國史世稱良筆
據上六證是官牘史册之文古概稱筆蓋筆從聿聲古名不
聿聿述誼同故其爲體惟以直質爲工據事直書弗尙藻彩
禮曲禮篇曰史載筆孔修春秋亦曰筆則筆削則削後世以
降凡體之涉及傳狀者均筆類也陸機文賦詮述詩賦十體
弗及傳記亦其明徵
南史孔珪傳與江淹對掌辭筆
陳書岑之敬傳雅有辭筆
據上二證均辭筆幷言辭當作詞詞與文同說文云詞意內

而言外也周易乾文言曰修辭立其誠又繫辭上曰繫辭焉以盡其言修飾互文繫綴同情是詞之爲體迥異直言屈宋之作漢標楚辭亦其證也是知六朝之辭亦以偶語韵文爲限

梁書劉潛傳字孝儀秘書監孝綽弟也綽常曰三筆六詩三即孝儀六孝威也

梁書庾肩吾傳載簡文與湘東王論文曰詩既若此筆亦如之

北史蕭圓肅傳撰時人詩筆爲文海四十卷

杜甫集寄賈司馬嚴使君詩賈筆論孤憤嚴詩賦幾篇

趙璘因話錄韓文公與孟東野友善韓公文至高孟長於五言時號孟詩韓筆

據上五證均詩筆並言蓋詩有藻韵其類亦可稱文筆無藻韵唐人散體概屬此類故昌黎之作在唐稱筆後世文家奉

爲正宗是均誤筆爲文者也

南齊書晉安王子懋傳文章詩筆乃是佳事

據上一證是筆與詩文並殊

劉禹錫中山集祭韓侍郎文子長在筆予長在論

據上一證是筆與論殊蓋筆主直書論則兼尙植指故文賦隸論於文於記事之體則否

合前列各證觀之知散行之體槪與文殊唐宋以降此誼弗明散體之作亦入文集若從孔子正名之誼則言無藻韵弗得名文以筆冒文誤孰甚焉又文苑列傳前史僉同唐宋以降文學陵遲僅工散體恆立專傳名實弗昭萬民喪察因並辨之

第三課　論漢魏之際文學變遷

建安文學革易前型遷蛻之由可得而說兩漢之世戶習七

經雖及子家必緣經術魏武治國頗雜刑名文體因之漸趨清峻一也建武以還士民秉禮迨及建安漸尙通侻侻則侈陳哀樂通則漸藻玄思二也獻帝之初諸方棊峙乘時之士頗慕縱橫騁詞之風肇端於此三也又漢之靈帝頗好俳詞見楊賜蔡邕傳下習其風益尙華靡雖迄魏初其風未革四也今摘史乘羣書之文涉及文學變遷者條列如左

文心雕龍時序篇自哀平陵替光武中興深懷圖讖頗略文華然杜篤獻誄以免刑班彪參奏以補令雖非旁求亦不遐棄及明帝疊耀崇愛儒術肄禮璧堂講文虎觀孟堅珥筆於國史賈逵給札于瑞頌東平擅其懿文沛王振其通論帝則藩儀輝光相照矣自安和已下迄至順桓則有班傅三崔王馬張蔡磊落鴻儒才不時乏而文章之選存而不論然中興之後羣才稍改前轍華實所附斟酌經辭蓋歷政講聚故漸靡儒風者也降及

靈帝時好辭製造羲皇之書開鴻都之賦而樂松之徒招集淺陋故楊賜號爲驩兜蔡邕比之俳優其餘風遺文蓋蔑如也自獻帝播遷文學蓬轉建安之末區宇方輯魏武以相王之尊雅愛詩章文帝以副君之重妙善辭賦陳思以公子之豪下筆琳琅並體貌英逸故俊才雲蒸仲宣委質於漢南孔璋歸命於河北偉長從宦於青土公幹狥質於海隅德璉綜其斐然之思元瑜展其翩翩之樂文蔚休伯之儔于叔（邯鄲淳字元作子椒）德祖（揚修字）之侶傲雅觴豆之前雍容衽席之上灑筆以成酣歌和墨以藉談笑觀其時文雅好慷慨良由世積亂離風衰俗怨並志深而筆長故梗概而多氣也至明帝纘戎制詩度曲徵篇章之士置崇文之觀何（晏）劉（邵）羣才迭相照耀少主相仍唯高貴英雅顧盼合章動言成論于時正始餘風篇體輕澹而嵇阮應繆並馳文路矣

案此篇略述東漢三國文學變遷至爲明晰誠學者所當參考也

魏志王粲傳粲字仲宣山陽高平人也獻帝西遷粲徙長安左中郎將蔡邕見而奇之時邕才學顯著貴重朝廷常車騎塡巷賓客盈坐聞粲在門倒屣迎之粲至年既幼弱容狀短小一坐盡驚邕曰此王公孫也有異才吾不如也吾家書籍文章盡當與之年十七司徒辟詔除黃門侍郎以西京擾亂皆不就乃之荊州依劉表表以粲貌寢而體弱通侻不甚重也表卒粲勸表子琮令歸太祖太祖辟爲丞相掾賜爵關內侯後遷軍謀祭酒魏國既建拜侍中博物多識問無不對時舊儀廢弛興造制度粲恆典之初粲與人共行讀道邊碑人問曰卿能闇誦乎曰能因使背而誦之不失一字觀人圍棊局壞粲爲覆之棊者不信以帊蓋局使更以他局爲之用相比校不誤一道其彊記默識

如此性善算作算術略盡其理善屬文舉筆便成無所改定時
人常以爲宿構然正復精意覃思亦不能加也著詩賦論議垂
六十篇建安二十一年從征吳二十二年春道病卒時年四十
一始文帝爲五官將及平原侯植皆好學粲與北海徐幹字偉
長廣陵陳琳字孔璋陳留阮瑀字元瑜汝南應瑒字德璉東平
劉楨字公幹並見友善幹爲司空軍謀祭酒掾屬五官將文學
琳前爲何進主簿進欲誅諸宦官太后不聽進乃召四方猛將
並使引兵向京城欲以劫恐太后竟以取禍琳避難冀州袁紹
使典文章袁氏敗琳歸太祖瑀少受學於蔡邕建安中都護曹
洪欲使掌書記瑀終不爲屈太祖幷以琳瑀爲司空軍謀祭酒
管記室軍國書檄多琳瑀所作也琳徙門下督瑀爲倉曹掾屬
瑒楨各被太祖辟爲丞相掾屬瑒轉爲平原侯庶子後爲五官
將文學楨以不敬被刑刑竟署吏咸著文賦數十篇瑀以十七

年卒幹琳瑒楨二十二年卒文帝書與元城令吳質曰昔年疫疾親故多離其災徐陳應劉一時俱逝觀古今文人類不護細行鮮能以名節自立而偉長獨懷文抱質恬淡寡欲有箕山之志可謂彬彬君子矣著中論二十餘篇辭義典雅足傳于後德璉常斐然有述作意其才學足以著書美志不遂良可痛惜孔璋章表殊健微爲繁富公幹有逸氣但未遒耳元瑜書記翩翩致足樂也仲宣獨自善於辭賦惜其體弱不起其文至於所善古人無以遠過也昔伯牙絕絃於鍾期仲尼覆醢于子路痛知音之難遇傷門人之莫逮也諸子但爲未及古人自一時之雋也自潁川邯鄲淳繁欽陳留路粹沛國丁儀丁廙弘農楊修河内荀緯等亦有文采而不在此七人之列瑒弟璩璩子貞咸以文章顯璩官至侍中貞咸熙中參相國軍事瑀子籍才藻豔逸而倜儻放蕩行己寡欲以莊周爲模則官至步兵校尉時又有

譙郡嵇康文辭壯麗好言老莊而尚奇任俠至景元中坐事誅景初中下邳桓威出自孤微年十八而著渾輿經依道以見意從齊國門下書佐司徒署吏後爲安成令吳質濟陰人以文才爲文帝所善官至振威將軍假節都督河北諸軍事封列侯（摘錄）

附錄

衛覬傳覬字伯儒少夙成以才學稱受詔典著作又爲魏官儀凡所撰述數十篇建安末河南潘勗黃初時河內王象亦與覬並以文學顯

劉廙傳廙字恭嗣著書數十篇及與丁儀共論刑禮並傳于世

劉卲傳卲字孔才凡所撰述法論人物志之類百餘篇同時東海繆襲亦有才學多所述敍襲友人山陽仲長統漢末作昌言陳留蘇林京兆韋誕譙國夏侯惠任城孫該河東杜摰等亦著

文賦頌傳于世
陳思王植傳撰錄植前後所著賦頌詩銘新論凡百餘篇
中山王袞傳能屬文凡所著文章二萬餘言才不及陳思王而
好與之侔
王朗傳朗易春秋孝經周官傳奏議論記咸傳于世
劉放傳善爲書檄三祖詔命有所招喻多放所爲
蜀志郤正傳凡所作述詩賦之屬垂百篇
吳志韋曜華覈傳曜覈所論事章疏咸傳于後
據以上諸傳可審三國人文之大略
魏志文帝紀評文帝天資文藻下筆成章博聞強識才藝兼該
陳思王植傳評陳思文才富豔足以自通後葉
王粲等傳評昔文帝陳王以公子之尊博好文采同聲相應才
士並出惟粲等六人最見名目

又云衛覬亦以多識典故相時王之式劉邵該覽學籍文質周洽劉廙以清鑒著

蜀志秦宓傳評文藻壯美

郤正傳評正文辭粲爛有張蔡之風

吳志王蕃樓玄賀邵韋曜華覈傳評薛瑩稱蕃弘博多通玄才理條暢邵機理清要曜篤學好古有記述之才胡冲以爲玄賀蕃一時清妙略無優劣必不得已玄宜在先邵當次之華覈文賦之才有過于曜而典誥不及也節錄

據以上諸評可審三國文體之大略

魏文帝典論文人相輕自古而然傅毅之於班固伯仲之間耳而固小之與弟超書曰武仲以能屬文爲蘭臺令史下筆不能自休夫人善於自見而文非一體鮮能備善是以各以所長相輕所短里語曰家有敝帚享之千金斯不自見之患也今之文

人魯國孔融文舉廣陵陳琳孔璋山陽王粲仲宣北海徐幹偉長陳留阮瑀元瑜汝南應瑒德璉東平劉楨公幹斯七子者於學無所遺於辭無所假咸以自騁驥騄於千里仰齊足而並馳以此相服亦良難矣蓋君子審己以度人故能免於斯累而作論文王粲長於辭賦徐幹時有奇氣然粲之匹也如粲之初征登樓槐賦征思幹之玄猿漏巵員扇橘賦雖張蔡不過也然於他文未能稱是琳瑀之章表書記今之雋也應瑒和而不壯劉楨壯而不密孔融體氣高妙有過人者然不能持論理不勝詞至乎雜以嘲戲及其所善揚班儔也常人貴遠賤近向聲背實又患闇於自見謂己爲賢夫文本同而末異蓋奏議宜雅書論宜理銘誄尚實詩賦欲麗此四科不同故能之者偏也唯通才能備其體文以氣爲主氣之清濁有體不可力强而致譬諸音樂曲度雖均節奏同檢至於引氣不齊巧拙有素雖在父兄不

能以移子弟蓋文章經國之大業不朽之盛事年壽有時而盡榮樂止乎其身二者必至之常期不若文章之無窮是以古之作者寄身於翰墨見意於篇籍不假良史之辭不託飛馳之勢而聲明自傳於後故西伯幽而演易周旦顯而制禮不以隱約而弗務不以康樂而加思夫然則古人賤尺璧而重寸陰懼乎時之過已而人多不強力貧賤則懾于饑寒富貴則流於逸樂遂營目前之務而遺千載之功日月逝於上體貌衰於下忽然與萬物遷化斯志士之大痛也融等已逝唯幹著論成一家言

案此篇推論建安文學優劣深切著明文氣之論亦基于此

魏文帝與吳質書昔年疾疫親故多離其災徐陳應劉一時俱逝痛可言耶昔日遊處行則連輿止則接席何曾須臾相失每至觴酌流行絲竹並奏酒酣耳熱仰而賦詩當此之時忽然不自知樂也謂百年己分可長共相保何圖數年之間零落略盡

言之傷心頃撰其遺文都爲一集觀其姓名已爲鬼錄追思昔遊猶在心目而此諸子化爲糞壤可復道哉觀古今文人類不護細行鮮能以名節自立而偉長獨懷文抱質恬淡寡欲有箕山之志可謂彬彬君子者矣著中論二十餘篇成一家之言辭義典雅足傳于後此子爲不朽矣德璉常斐然有述作之意其才學足以著書美志不遂良可痛惜間者歷覽諸子之文對之抆淚既痛逝者行自念也孔璋章表殊健微爲繁富公幹有逸氣但未遒耳其五言詩之善者妙絕時人元瑜書記翩翩致足樂也仲宣獨自善於辭賦惜其體弱不足起其文至於所善古人無以遠過昔伯牙絕絃於鍾期仲尼覆醢於子路痛知音之難遇傷門人之莫逮諸子但爲未及古人自一時之儁也今之存者已不逮矣後生可畏來者難誣然恐吾與足下不及見也年行已長大所懷萬端時有所慮至通夜不瞑志意何時復類

昔日已成老翁但未白頭耳光武言年三十餘在兵中十載所更非一吾德不及之年與之齊矣以犬羊之質服虎豹之文無衆星之明假日月之光動見瞻觀何時易乎恐永不復得爲昔日遊也少年眞當努力年一過往何可攀援古人思秉燭夜遊良有以也此篇據文選錄

曹子建與楊德祖書僕少小好爲文章迄至于今二十有五年矣然今世作者可略而言也昔仲宣獨步於漢南孔璋鷹揚於河朔偉長擅名於青土公幹振藻於海隅德璉發跡于此魏足下高視於上京當此之時人人自謂握靈蛇之珠家家自謂抱荊山之玉吾王於是設天網以該之頓八紘以掩之今悉集茲國矣然此數子猶復不能飛軒絕跡一舉千里以孔璋之才不閑於辭賦而多自謂能與司馬長卿同風譬畫虎未成反爲狗也前有書嘲之反作論盛道僕讚其文夫鍾期不失聽于今稱

之吾亦不能妄歎者畏後世之嗤余也世人之著述不能無病僕嘗好人譏彈其文有不善者應時改定昔丁敬禮常作小文使僕潤飾之僕自以才不過若人辭不爲也敬禮謂僕卿何所疑難文之佳惡吾自得之後世誰相知定吾文者邪吾嘗歎此達言以爲美談昔尼父之文辭與人通流至於制春秋游夏之徒乃不能措一辭過此而言不病者吾未之見也蓋有南威之容乃可以論於淑媛有龍泉之利乃可以議於斷割劉季緒才不能逮於作者而好詆訶文章掎摭利病昔田巴毀五帝罪三王呰五霸於稷下一日而服千人魯連一說使終身杜口劉生之辯未若田氏今之仲連求之不難可無嘆息乎人各有好尚蘭茝蓀蕙之芳衆人所好而海畔有逐臭之夫咸池六莖之發衆人所共樂而墨翟有非之之論豈可同哉今往僕少小所著辭賦一通相與夫街談巷說必有可采擊轅之歌有應風雅匹

夫之思未易輕棄也辭賦小道固未足以揄揚大義彰示來世
也昔揚子雲先朝執戟之臣猶稱壯夫不爲也吾雖德薄位爲
蕃侯猶庶幾勠力上國流惠下民建永世之業留金石之功豈
徒以翰墨爲勳績辭賦爲君子哉

又德祖答書亦云若仲宣之擅江表陳氏之跨冀域徐劉之
顯青豫應生之發魏國皆然矣至如脩者聽采風聲仰德不
暇目周章于省覽何怪駭于高視哉

案以上數書於建安諸子文學得失足審大凡

文心雕龍才略篇孔融氣盛於爲筆禰衡思銳於爲文有偏美
焉潘勗憑經以騁才故絕羣於錫命王朗發憤以託志亦致美
於序銘然自卿淵已前多俊才而不課學雄向已後頗引書以
助文此取與之大際其分不可亂者也魏文之才洋洋清綺舊
談抑之謂去植千里然子建思捷而才儁詩麗而表逸子桓慮

詳而力緩故不競於先鳴而樂府清越典論辯要迭用短長亦無懵焉但俗情抑揚雷同一響遂令文帝以位尊減才思王以勢窘益價未爲篤論也仲宣溢才捷而能密文多兼善辭少瑕累摘其詩賦則七子之冠冕乎琳瑀以符檄擅聲徐幹以賦論標美劉楨情高以會采應瑒學優以得文路粹楊修頗懷筆記之工丁儀邯鄲亦含論述之美有足算焉劉劭趙都能攀於前修何晏景福克光於後進休璉應璩風情則百壹標其志吉甫（璩子應貞字）文理則臨丹成其采

文心雕龍體性篇仲宣躁銳故穎出而才果公幹氣褊故言壯而情駭

文心雕龍風骨篇故魏文稱文以氣爲主氣之清濁有體不可力強而致故其論孔融則云體氣高妙論徐幹則云時有齊氣論劉楨則云時有逸氣公幹亦云孔氏卓卓信含異氣筆墨之

性殆不可勝並重氣之旨也

案彥和所論三則於建安文學得失品評綦當

宋書謝靈運傳論若夫平子艷發文以情變絕唱高蹤久無嗣響至於建安曹氏基命三祖陳王咸蓄盛藻甫乃以情緯文以文被質自漢至魏四百餘年辭人才子文體三變相如工爲形似之言二班長於情理之說子建仲宣以氣質爲體並標能擅美獨映當時是以一世之士各相慕習源其飈流所始莫不同祖風騷徒以賞好異情故意製相詭

案此節獨標氣質爲說與彥和所論文氣合

文心雕龍明詩篇又古詩佳麗或稱枚叔其孤竹一篇則傅毅之詞比采而推兩漢之作乎觀其結體散文直而不野婉轉附物怊悵切情實五言之冠冕也至于張衡怨篇清曲可味仙詩緩歌雅有新聲暨建安之初五言騰踊文帝陳思縱轡以騁節

王徐應劉望路而爭驅并憐風月狎池苑述恩榮敍酣晏慷慨以任氣磊落以使才造懷指事不求纖密之巧驅詞逐貌惟取昭晰之能此其所同也

案此節明建安詩體殊於東漢中葉之作

文心雕龍樂府篇至宣帝雅頌詩效鹿鳴邇及元成稍廣淫樂正音乖俗其難也如此暨後郊廟惟雜雅章辭雖典文而律非夔曠至於魏之三祖氣爽才麗宰割辭調音靡節平觀其北上衆引秋風列篇或述酣宴或傷羈戍志不出於淫蕩辭不離於哀思雖三調之正聲實韶夏之鄭曲也

案此節明建安樂府變舊作之體

文心雕龍銓賦篇及仲宣靡密登端必遒偉長博通時逢壯采

文心雕龍頌贊篇魏晉辨頌鮮有出轍

文心雕龍誄碑篇至如崔駰誄趙劉陶誄黃並得憲章工在簡

要陳思叨名而體實煩緩文皇誄末旨言自陳其乖甚矣
又云自後漢以來碑碣雲起才鋒所斷莫高蔡邕孔融所創有
慕伯喈張陳兩文辨給足采亦其亞也
文心雕龍哀弔篇建安哀辭惟偉長差善行女一篇時有惻怛
文心雕龍諧隱篇至魏文因俳說以著笑書薛綜憑宴會而發
嘲調雖抃推（疑雅字）席而無益時用矣
又云荀卿蠶賦已兆其體至魏文陳思約而密之高貴鄉公博
舉品物雖有小巧用乖遠大
文心雕龍論說篇魏之初霸術兼名法傅嘏王粲校練名理
文心雕龍詔策篇建安之末文理代興潘勗九錫典雅逸羣衞
覬禪誥（疑有脫字）符命炳耀弗可加矣
文心雕龍章表篇昔晉文受冊三辭從命是以漢末讓表以三
爲斷曹公稱爲表不必三讓又勿得浮華是以魏初表章指事

造實求其靡麗則未足美矣

又云文舉之薦禰衡氣揚采飛孔明之辭後主志盡文暢雖華實異旨並表之英也琳瑀章表有譽當時孔璋稱健則其標也陳思之表獨冠羣才觀其體贍而律調辭清而志顯應物製巧隨變生趣執轡有餘故能緩急應節

文心雕龍奏啓篇魏代名臣文理迭興若高堂天文黃觀即王觀教學王朗節省甄毅考課亦盡節而知治矣

文心雕龍書記篇公幹牋記麗而規益子桓弗論故世所共遺若略名取實則有美于為詩矣

案以上各條於建安文章各體之得失以及與兩漢異同之故均能深切著明故摘錄之魏人所作文集具詳隋經籍志茲不贅述

又案建安文學實由文帝陳王提倡于上觀文帝典論選篇云所著書論詩賦凡六十篇御覽九十三引

又與王朗書曰惟立德揚名可以不朽其次莫如著篇籍故論撰所著典論詩賦蓋百餘篇集諸儒于肅城門內講論大義侃侃無倦（魏志文帝紀注）又作敍詩云爲太子時北園及東閣講堂并賦詩命王粲劉楨阮瑀應瑒等同作（初學記十引）此均文帝自述之詞也（卞蘭贊述太子賦序亦謂沈思泉涌發藻雲浮）

又案陳思王前錄序曰故君子之作也儼乎若高山勃乎若浮雲質素也如秋蓬摛藻也如春葩氾乎洋洋光乎皜皜與雅頌爭流可也余少而好賦其所尙也雅好慷慨所著繁多雖觸類而作然蕪穢者衆故删定別撰爲前錄七十八篇（藝文類聚五十五引）此爲思王自述之詞故明帝追錄陳思王遺文詔亦曰自少至終篇籍不離于手又曰撰錄植前後所著賦頌詩銘著論凡百餘篇副藏內外（魏志植傳）是思王之文久爲當世所傳故一時文人興起者衆至於明帝雖文采漸衰然亦篤好

藝文觀其以所作平原公主誄手詔陳王植曰吾既薄才至于賦誄特不閑從兒陵還哀懷未散作兒誄爲田公家語耳御覽五百九十六引案此誄不傳王答表則言文義相扶章章殊輿句句感切御覽五百九十六引此爲明帝工文之證又高貴鄉公原和逌等作詩稽留詔云吾以暗昧愛好文雅廣延詩賦以知得失魏志本紀此又少王提倡文學之證也故有魏一朝文學獨冠于吳蜀

又案魏代名賢于當時文學之士亦多評品之詞如吳質答魏太子牋曰陳徐應劉才學所著于雍容侍從實其人也文選答東阿王書亦曰衆賢所述亦各有志文選均即七子之文言也

又案陳思王王仲宣誄曰文若春華思若湧泉發言可詠下筆成篇文選王傑阮文瑜誄曰簡書如雨强力敏成藝文類聚引魚豢魏略武諸王傳論曰植之華采思若有神魏志任城王等傳裴注引亦

均文章定論自此以外若陳思王與吳季重書云後所來訊文采委曲曄若春華劉若清風（文選）殷褒薦朱儉表曰飛辭抗論駱驛奇逸（藝文類聚五十三引）明帝詔何楨云揚州別駕何楨有文章才（御覽五百八十七引）亦足補史傳之缺至若吳質論元瑜孔璋以爲不能持論（吳質答魏太子牋謂東方朔枚皐之徒不能持論即阮陳之儔也）魚豢論王繁諸子僅云光澤足觀（魏志王粲傳注引魚豢魏略王繁陳阮路傳論曰尋省往者魯連鄒陽之徒援譬引類以解締結誠彼時文辨之儁也今覽王繁阮陳路諸人前後文旨亦何昔不若哉其所以不論者時勢異耳又曰譬之朱漆雖無楨幹其爲光澤亦壯觀也）雖爲一時之言亦千古之定說也

又案文章各體至東漢而大備漢魏之際文家承其體式故辨別文體其說不淆如魏文答卞蘭教云賦者言事類之所附也頌者美盛德之形容（魏志卞后傳注引）又陳思王上卞太后誄表曰臣聞銘以述德誄以述哀（藝文類聚十五）均其證也惟東漢以來讚頌銘誄之文漸事虛辭頗背立誠之旨故桓範世要論

讚象篇曰夫讚象所作所以昭述勳德思詠政惠此蓋詩頌之末流宜由上而興非專下而作也若言不足紀事不足述慮而爲盈亡而爲有此聖人之所疾庶人之所恥又銘誄篇曰夫渝世富貴乘時要世爵以賂至官以賄成而門生故吏合集財貨刋石紀功稱述勳德高邈伊周下陵管晏遠追豹產近踰黃邵勢重者稱美財富者文麗欺耀當時疑誤後世（以上二篇均見羣書治要）於當時文弊詮論至詳（其銘誄篇又謂誄纔乃人主權柄而漢世不禁使私稱與王命爭流臣子與君上俱用蓋謂誄文乃君上所錫不常私作其說亦與古合）蓋文而無實始于斯時非惟韻文爲然也即作論著書亦蹈此失故世要論序作篇曰世俗之人不解作體而務汎溢之言不存有益之義（羣書治要）文勝之弊即此可睹故援引其說以見當時文學之得失亦以見文章各體由質趨華非一朝一夕之故其所由來者漸矣（漢人惟爲已書作序未有爲他書作序者有之自三國始）

第三課 附錄

漢魏之際文學變遷既如上課所述矣然其變遷之跡非證以當時文章各體不足以考其變遷之由今略錄禰衡以下文章十一篇以明概略

一禰衡魯夫子碑 受天至精純粹睿哲崇高足以長世寬容足以廣包幽明足以測神文藻足以辯物然而敏學以求之下問以諏之虛心以受之深思以詠之愍周道之迴遹悼九疇之乖悖故發憤忘食應聘四方魯以大夫之位任以國政之權譬若飛鴻鸞於中庭騁騏驥於閭巷也是以期月之頃五教克諧移風易俗邦國肅焉無思不服懿文德以紆餘綴三五之紀綱流洪耀之休赫曠萬世而揚光夫文明以動天則也廣大無疆地德也六經混成洪式也備此三者聖極也合吉凶於鬼神遂殂落於夢寐是以風烈流行無所不通故立石銘勳以示昭明

辭曰煌煌上天篤降若人邈矣悠哉千祀一鄰明德弘監情性存存奕奕純嘏稽憲乾坤曜彼靈祇以訓黎元終日乾乾配天之行在險而正在困而亨窮達之運委諸穹蒼日月則陰天地不光聖叡殂崩大猷不綱藝文類聚二十案此篇類聚所引似缺篇首數語

二禰衡弔張衡文　南岳有精君誕其姿清和有理君達其機故能下筆繡辭揚手文飛昔伊尹值湯呂尙遇旦嗟矣君生而獨值漢蒼蠅爭飛鳳凰已散元龜可羈河龍可絆石堅而朽星華而滅唯道興隆悠永靡絕君音永浮河水有竭君聲永流周旦先沒發夢孔丘余生雖後身亦存遊士殞知已君其勿憂太平御覽五百九十六

案東漢之文均尙和緩其奮筆直書以氣運詞實自衡始鸚鵡賦序謂衡因爲賦筆不停輟文不加點知他文亦然是以漢魏文士多尙騁辭或慷慨高厲或溢氣坌涌孔融薦禰衡疏語此

皆衡文開之先也孔融引重衡文即以此啓故融之所作多範伯喈惟薦衡表則效衡體與他篇文氣不同

三陳琳爲曹洪與魏文帝書　十一月五日洪白前初破賊情參意奢說事頗過其實得九月二十日書讀之喜笑把玩無厭亦欲令陳琳作報琳頃多事不能得爲念欲遠以爲懽故自竭老夫之思辭多不可一二麤舉大綱以當談笑漢中地形實有險固四嶽三塗皆不及也彼有精甲數萬臨高守要一夫揮戟萬夫不得進而我軍過之若駭鯨之決細網奔兕之觸魯縞未足以喻其易雖云王者之師有征無戰不義而強古今常有故唐虞之世蠻夷猾夏周宣之盛亦讎大邦詩書歎載言其難也斯皆憑阻恃遠故使其然是以察茲地勢謂爲中材處之殆難倉卒來命陳彼妖惑之罪敍王師曠蕩之德豈不信然是夏殷所以喪苗扈所以斃我之所以克彼之所以敗也不然商周何

以不敵哉昔鬼方聾昧崇虎讒凶殷辛暴虐三者皆下科也然高宗有三年之征文王有退修之軍孟津有再駕之役然後殪戎勝殷有此武功未有星流景集飈奮霆擊長驅山河朝至暮捷若今者也由此觀之彼固不逮下愚則中才之守不然明矣在中才則謂不然而來示乃以爲彼之惡稔雖有孫田墨氂猶無所救竊又疑焉何者古之用兵敵國雖亂尚有賢人則不伐也是故三仁未去武王還師宮奇在虞晉不加戎季梁猶在强楚挫謀暨至衆賢奔絀三國爲墟明其無道有人猶可救也且夫墨子之守縈帶爲垣高不可登折箸爲械堅不可入若乃距陽平據石門攄八陣之列騁奔牛之權焉肯土崩魚爛哉設令守無巧拙皆可攀附則公輸已陵宋城樂毅已拔即墨矣墨翟之術何稱田單之智何貴老夫不敏未之前聞蓋聞過高唐者效王豹之謳遊雎渙者學藻繢之綵間自入益部仰司馬揚王

遺風有子勝斐然之志故頗奮文辭異於他日怪乃輕其家丘謂爲倩人是何言歟夫騄驥垂耳於林坰鴻雀戢翼於汙池褻之者固以爲園囿之凡鳥外廄之下乘也及整蘭筋揮勁翮陵厲清浮顧盼千里豈可謂其借翰於晨風假足於六駁哉恐猶未信丘言必大噱也洪白（文選）

案孔璋之文純以騁辭爲主故文體漸流繁富文選所載檄豫州檄吳將校部曲二文亦與此同文之由簡趨煩蓋自此始

四吳質答東阿王書　質白信到奉所惠貺發函伸紙是何文采之巨麗而慰喻之綢繆乎夫登東嶽者然後知衆山之邐迤也奉至尊者然後知百里之卑微也自旋之初伏念五六日至于旬時精散思越惘若有失非敢羨寵光之休慕猗頓之富誠以身賤犬馬德輕鴻毛乃歷玄闕排金門升玉堂伏虛檻於前

殿臨曲池而行觴既威儀虧替言辭漏渫雖恃平原養士之懿
愧無毛遂燿穎之才深蒙薛公折節之禮而無馮諼三窟之效
屢獲信陵虛左之德又無侯生可述之美凡此數者乃質之所
以憤積于胷臆懷眷而悁邑者也若追前宴謂之未究傾海爲
酒幷山爲肴伐竹雲夢斬梓泗濱然後極雅意盡歡情信公子
之壯觀非鄙人之所庶幾也若質之志實在所天思投印釋黻
朝夕侍坐鑽仲父之遺訓覽老氏之要言對清酤而不酌抑嘉
肴而不享使西施出帷嫫母侍側斯盛德之所蹈明哲之所保
也若乃近者之觀實盪鄙心秦箏發徽二八迭奏塤簫激于華
屋靈鼓動于座右耳嘈嘈于無聞情踴躍于鞍馬謂可北懾肅
愼使貢其楛矢南震百越使獻其白雉又况權備夫何足視乎
還治諷采所著觀省英瑋實賦頌之宗作者之師也衆賢所述
亦各有志昔趙武過鄭七子賦詩春秋載列以爲美談質小人

也無以承命又所答既辭醜義陋申之再三赧然汗下此邦之人閑習辭賦三事大夫莫不諷誦何但小吏之有乎重惠苦言訓以政事惻隱之恩形乎文墨墨子迴車而質四年雖無德與民式歌且舞儒墨不同固以久矣然一旅之衆不足以揚名步武之間不足以騁跡若不改轍易御將何以効其力哉今處此而求大功猶絆良驥之足而責以千里之任檻猿猴之勢而望其巧捷之能者也不勝見恤謹附遣白答不敢繁辭吳質白文選

五應璩與曹長思書　璩白足下去後甚相思想叔田有無人之歌闉闍有匪存之思風人之作豈虛也哉王肅以宿德顯授何曾以後進見拔皆鷹揚虎視有萬里之望薄援助者不能追參于高妙復斂翼于故枝塊然獨處有離羣之志汲黯樂在郎署何武恥爲宰相千載揆之知其有由也德非陳平門無結駟之跡學非楊雄堂無好事之客才劣仲舒無下帷之思家貧孟

公無置酒之樂悲風起于閨闥紅塵蔽于机榻幸有袁生時步玉趾樵蘇不爨清談而已有似周黨之過閔子夫皮朽者毛落川涸者魚逝春生者繁華秋榮者零悴自然之數豈有恨哉聊爲大弟陳其苦懷耳想還在近故不益言璩白

六陶丘一薦管寧表　臣聞龍鳳隱耀應德而臻明哲潛遁俟時而動是以鸑鷟鳴岐周道興隆四皓爲佐漢帝用康伏見太中大夫管寧應二儀之中和總九德之純懿含章素質冰絜淵清玄虛澹泊與道逍遥娛心黄老游志六藝升堂入室究其閫奥韜古今于胸懷包道德之機要中平之際黄巾陸梁華夏傾蕩王綱弛頓遂避時難乘桴越海羈旅遼東三十餘年在乾之姤匿景藏光嘉遁養浩韜韞儒墨潛化傍流暢于殊俗黄初四年高祖文皇帝疇諮羣公思來儁乂故司徒華歆舉寧應選公車特徵振翼遐裔翻然來翔行遇屯厄遭羅疾病即拜太中大

夫烈祖明皇帝嘉美其德登爲光祿勳寧疾彌留未能進道今寧舊疾已瘳行年八十志無衰倦環堵蓽門偃息窮巷飯鬻餬口并日而食吟詠詩書不改其樂困而能通遭難必濟經危蹈險不易其節金聲玉色久而彌彰揆其終始殆天所祚當贊大魏輔亮雍熙袞職有闕羣下屬望昔高宗刻象營求賢哲周文啓龜以卜良佐况寧前朝所表名德已著而久棲遲未時引致非所以奉遵明訓繼成前志也陛下踐阼纘承洪緒聖敬日躋超越周成每發德音動諮師傅若繼二祖招賢故典賓禮儁邁以廣緝熙濟濟之化侔于前代寧清高恬泊擬跡前軌德行卓絕海內無偶歷觀前世玉帛所命申公枚乘周黨樊英之儔測其淵源覽其清濁未有厲俗獨行若寧者也誠宜束帛加璧備禮徵聘仍授几杖延登東序敷陳墳索坐而論道上正璇璣協和皇極下阜羣生彝倫攸敘必有可觀光益大化若寧固執匪

石守志箕山追迹洪崖參蹤巢許斯亦聖朝同符唐虞優賢揚歷垂聲千載雖出處殊塗俯仰異體至于興治美俗其揆一也魏志寧傳

案以上三文體雖不同然均詞浮于意足以考文體恢張之漸蓋東漢之文雖多反覆申明之詞然不以隸事爲主亦不徒事翰藻也

六丁儀刑禮論　天垂象聖人則之天之爲歲也先春而後秋君之爲治也先禮而後刑春以生長爲德秋以殺戮爲功禮以教訓爲美刑以威嚴爲用故先生而後殺天之爲歲也先教而後罰君之爲治也天不以久遠更其春冬而人得以古今改其禮刑哉太古之世民故質樸質樸之民宜其易化是以中古之君子或結繩以治或象刑惟明夏后肉辟民轉姦詐刑彌滋繁禮亦如之由斯言之古之刑省禮亦宜略今所論辨雖出傳記

之前夫流東源不得西景正形不得傾自然之勢也後世禮刑俱失於前先後之宜故自有常今夫先刑者用其末也由禮禁未然之前謂難明之禮古人不能行也按如所云禮嫂叔不親之屬也非太古之禮也所云禮者豈此也哉古者民少而獸多未有所爭民無患則無所思故未有君焉後民禍多強暴弱於是有賢人焉平其多少均其有無推逸取勞以身先之民獲其利歸而樂之樂之得爲君焉夫刑之記君也精具筋力民畏其强而不敢校得爲君也恐上古未具刑罪之品設逋亡之法懼彼爲我而以勇力侵暴於己能與則校不能歸奉之明矣且上古之時賊耳非所謂君也（此段有誤文）上古雖質宜所以爲君會當先別男女定夫婦分土地班食物此先以禮也夫婦定而後禁淫焉萬物正而後止竊焉此後刑也（藝文類聚五十四）

案東漢論文如延篤仁孝之屬均詳引經義以爲論斷其有

直抒己意者自此論始魏代名理之文其先聲也又類聚十一引王粲難鍾荀太平論二十引孔融聖人優劣論亦與此體略同惟非全文

七劉廙政論疑賢篇　自古人君莫不願得忠賢而用之也既得之莫不訪之於衆人也忠於君者豈能必利於人苟無利於人又何能保譽於人哉故常願之於心而常失之於人也非願之之不篤而失之也所以定之之術非也故爲忠者獲小賞而大乖違於人恃人君之獨知之耳而獲訪之於人此爲忠者福無幾而禍不測於身也得於君不過斯須之歡失於君而終身之故患荷賞名而實窮于罰也是以忠者逝而遂智者慮而不爲爲忠者不利則其爲不忠者利矣凡利之所在人無不欲人無不欲故無不爲不忠矣爲君者以一人而獨慮于衆姦之上雖至明而猶困于見闇又況庸君之能覩之哉庸人知忠之無益於己而私名之可以得于人得于人可以重於君也故篤私

交薄公義爲己者殖而長之爲國也抑而割之是以真實之人黜於國阿欲之人盈於朝矣由是田季之恩隆而齊魯之政衰也雖戒之市朝示之刀鋸私欲益盛齊魯日困何也誠威之以言而賞之以實也好惡相錯政令日弊昔人曰爲君難不其然哉（羣書治要）

八蔣濟萬機論刑論篇　患之巨者狡猾之獄焉狡黠之民不事家事煩貸鄉黨以見厭賤因反忿恨看國家忌諱造誹謗崇飾戲言以成醜語被以叛逆告白長吏或內利疾惡盡節之名外以爲功遂使無罪并門滅族父子孩耄肝腦塗地豈不劇哉求媚之臣側人取舍雖忝子啖君孤己悅主而不憚也況因捕叛之時無悅親之民必獲盡節之稱乎夫妄造誹謗虛書叛逆狡黠之民也而詐忠者知而族之此國之大殘不可不察也（羣書治要）

案上二篇足稔魏代子書純以推極利弊爲主不尚華詞與東漢異

九杜恕請令刺史專民事不典兵疏　帝王之道莫尙乎安民安民之術在於豐財豐財者務本而節用也方今二賊未滅戎車亟駕此自熊虎之士展力之秋也然縉紳之儒横加榮慕扼腕抗論以孫吳爲首州郡牧守咸共忽恤民之術修將率之事農桑之民競干戈之業不可謂務本帑藏歲虛而制度歲廣民力歲衰而賦役歲興不可謂節用今大魏奄有十州之地而承喪亂之弊計其戶口不如往昔一州之民然而二方僭逆北虜未賓三邊遘難繞天略帀所以統一州之民經營九州之地其爲艱難譬策羸馬以取道里豈可不加意愛惜其力哉以武皇帝之節儉府藏充實猶不能十州擁兵郡且二十也今荆揚青徐幽幷雍涼緣邊諸州皆有兵矣其所恃內充府庫外制四夷

者惟兗豫司冀而已臣前以州郡典兵則專心軍功不勤民事宜別置將守以盡治理之務而陛下復以冀州寵秩呂昭冀州戶口最多田多墾闢又有桑棗之饒國家徵求之府誠不當復任以兵事也若以北方當鎭守自可專置大將以鎭安之計所置吏士之費與兼官無異然昭於人才尙復易中朝苟乏人兼才者勢不獨多以此推之知國家以人擇官不爲官擇人也官得其人則政平訟理政平故民富實訟理故囹圄空虛陛下踐阼天下斷獄百數十人歲歲增多至五百餘人矣民不益多法不益峻以此推之非政教陵遲牧守不稱之明效歟往年牛死通率天下十能損二麥不半收秋種未下若二賊游魂於疆埸飛芻輓粟千里不及究此之術豈在强兵乎武士勁卒愈多愈病耳夫天下猶人之體腹心充實四支雖病終無大患今兗豫司冀亦天下之腹心也是以愚臣慺慺實願四州之牧守獨修

務本之業以堪四支之重然孤論難持犯欲難成衆怨難積疑似難分故累載不爲明主所察凡言此者類皆疏賤疏賤之言實未易聽若使善策必出於親貴固不犯四難以求忠愛此古今之所當患也三國志杜畿傳

十夏侯玄時事議　夫官才用人國之柄也故銓衡專於臺閣上之分也孝行存乎閭巷優劣任之鄉人下之敍也夫欲清教審選在明其分敍不使相涉而已何者上過其分則恐所由之不本而干勢馳騖之路開下踰其敍則恐天爵之外通而機權之門多矣夫天爵下通是庶人議柄也機權多門是紛亂之原也自州郡中正品度官才之來有年載矣緬緬紛紛未聞整齊豈非分敍參錯各失其要之所由哉若令中正但考行倫輩倫輩當行均斯可官矣何者夫孝行著於家門豈不忠恪於在官乎仁恕稱於九族豈不達於爲政乎義斷行於鄉黨豈不堪於

事任乎三者之類取於中正雖不處其官名斯任官可知矣行有大小比有高下則所任之流亦焕然明别矣奚必使中正干權衡之機於下而執機柄者有所委仗於上上下交侵以生紛錯哉且臺閣臨下考功校否衆職之屬各有官長旦夕相考莫究於此閭閻之議以意裁處而使匠宰失位衆人驅駭欲風俗清静其可得乎天臺縣遠衆所絶意所得至者更在側近孰不修飾以要所求所求有路則修己家門者已不如自達鄉黨矣自達鄉黨者已不如自求之於州郡矣苟開之有路而患其飾眞離本雖復嚴責中正督以刑罰猶無益也豈若使各帥其分官長則各以其屬能否獻之臺閣臺閣則據官長能否之第參以鄉閭德行之次擬其倫比勿使偏頗中正則唯考其行迹别其高下審定輩類勿使升降臺閣總之如其所簡或有參錯則其責負自在有司官長所第中正輩擬比隨次率而用之如其

不稱責負在外然則內外相參得失有所互相形檢孰能相飾斯則人心定而事理得庶可以靜風俗而審官才矣三國志玄傳此上係議之首篇志之所載尙有論官制及論文質二篇茲弗錄

案東漢奏疏多含蓄不盡之詞魏人奏疏之文純尙眞實無不盡之詞觀此二篇足稔大概

十一王肅請恤殺平刑疏　大魏承百王之極生民無幾干戈未戢誠宜息民而惠之以安靜遐邇之時也夫務畜積而息疲民在於省徭役而勤稼穡今宮室未就功業未訖運漕調發轉相供奉是以丁夫疲於力作農者離其南畝種穀者寡食穀者眾舊穀既沒新穀莫繼斯則有國之大患而非備豫之長策也今見作者三四萬人九龍可以安聖體其內足以列六宮顯陽之殿又向將畢惟泰極已前功夫尙大方向盛寒疾疢或作誠願陛下發德音下明詔深愍役夫之疲勞厚矜兆民之不贍取

常食廩之士非急要者之用選其丁壯擇留萬人使一期而更之咸知息代有日則莫不悅以即事勞而不怨矣計一歲有三百六十萬夫亦不爲少當一歲成者聽且三年分遣其餘使皆即農無窮之計也倉有溢粟民有餘力以此興功何功不立以此行化何化不成夫信之於民國家大寶也仲尼曰自古皆有死民非信不立夫區區之晉國微微之重耳欲用其民先示以信是故原雖將降顧信而歸用能一戰而霸於今見稱前車駕當幸洛陽發民爲營有司命以營成而罷既成又利其功力不以時遣有司徒營其目前之利不顧經國之體臣愚以爲自今以後儻復使民宜明其令使必如期若有事以次寧復更發無或失信凡陛下臨時之所行刑皆有罪之吏宜死之人也然衆庶不知謂爲倉卒故願陛下下之於吏而暴其罪鈞其死也無使汚於宮掖而爲遠近所疑且人命至重難生易殺氣絕而不

續者也是以聖賢重之孟軻稱殺一無辜以取天下仁者不爲也漢時有犯蹕驚乘輿馬者廷尉張釋之奏使罰金文帝怪其輕而釋之曰方其時上使誅之則已今下廷尉廷尉天下之平也一傾之天下用法皆爲輕重民安所措其手足臣以爲大失其義非忠臣所宜陳也廷尉者天子之吏也猶不可以失平而天子之身反可以惑謬乎斯重于爲己而輕于爲君不忠之甚也周公曰天子無戲言言則史書之工誦之士稱之言猶不戲况行之乎故釋之之言不可不察周公之戒不可不法也魏志本傳

案此疏與前二疏同

又案文心雕龍諸書或以魏代文學與漢不異不知文學變遷因自然之勢魏文與漢不同者蓋有四焉書檄之文騁詞以張勢一也論說之文漸事校練名理二也奏疏之文質直而屏華三也詩賦之文益事華靡多慷慨之音四也凡此四

者槪與建安以前有異此則研究者所當知也

第四課　魏晉文學之變遷

魏代自太和以迄正始文士輩出其文約分二派一爲王弼何晏之文淸峻簡約文質兼備雖闡發道家之緒實與名法家言爲近者也此派之文蓋成於傅嘏而王何集其大成夏侯玄鍾會之流亦屬此派溯其遠源則孔融王粲實開其基一爲嵇康阮籍之文文章壯麗摠采騁辭雖闡發道家之緒實與縱橫家言爲近者也此派之文盛於竹林諸賢溯其遠源則阮瑀陳琳已開其始惟阮陳不善持論孔王雖善持論而不能藻以玄思故世之論魏晉文學者昧厥遠源之所出今徵引羣籍以著魏晉文學之變遷且以明晉宋文學之淵源以備參考

凡論文學之變遷當觀其體勢若何然後文派異同可得而說

甲傅嘏及王何諸人

三國志魏傅嘏常論才性同異鍾會集而論之

三國志嘏傳注引傅子曰嘏既達治好正而有清理識要好論才性原本精微尠能及之司隸校尉鍾會年甚少嘏以明智交會

世說新語文學篇傅嘏善言虛勝荀粲談尚玄遠每至共語有爭而不相喻裴冀州釋二家之義通彼我之懷常使兩情相得彼此且暢（案劉注引荀粲別傳云粲到京邑與傅嘏談嘏善名理粲尚玄遠）

案與嘏同時善言名理者爲荀粲裴松之三國志荀彧傳注引何劭荀粲傳曰粲字奉倩（即彧少子）諸兄並以儒術論議而粲獨好言道常以爲子貢稱夫子之言性與天道不可得聞然則六籍雖存固聖人之糠粃兄俁難曰易亦云聖人立象以盡意繫辭焉以盡言則微言胡爲不可得而聞見哉粲答曰

蓋理之微者非物象之所舉也今稱立象以盡意此非通於意外者也繫辭焉以盡言此非言乎繫表者也斯則象外之意繫表之言固蘊而不出矣當時能言者莫能屈（案世說注摘引此文稱荀粲別傳知別傳即邵所撰粲傳也）粲與嘏善夏侯玄亦親常謂嘏玄曰子等在世途間功名必勝我但識劣我耳嘏難曰能盛功名者識也天下孰有本不足而末有餘者邪粲曰功名者志局之所獎也然則志局自一物耳固非識之所獨濟也此荀粲善言名理之證又世說文學篇劉注引管輅傳曰裴使君（即謂裴徽徽字文季曾為冀州刺史）有高才逸度善言玄妙世說文學篇亦曰王輔嗣弱冠詣裴徽徽問曰夫無者誠萬物之所資聖人莫肯致言而老氏申之無已何邪弼曰聖人體無無又不可以訓故言必及有老莊未免於有恆訓其所不足此裴徽喜言名理之證徽粲言理之文今鮮可考然清談之風實基於此蓋嘏

粲諸人其辨理名理均當明帝太和時固較王何爲尤早也

文心雕龍論說篇傳嘏王粲校練名理

案嘏文載於魏志本傳者有征吳對難劉卲考課法各篇難卲攷課法語語覈實近于名法家言是知嘏言名理實由綜覈名實爲基

又藝文類聚所引有請立貴妃爲皇后表皇初頌其才性論不傳

又案雕龍以嘏與王粲并言藝文類聚所引粲文有難鍾荀太平論其詞曰聖莫盛於堯而洪水方割丹朱淫虐四族凶佞矣帝舜因之而三苗畔戾矣禹又因之而防風爲戮矣此三聖古之所大稱也繼踵相承且二百年而刑罰未嘗一世而乏也然則此三聖能平三聖能平則何世能致之乎孔子稱曰唯上智與下愚不移不移者丹朱四凶三苗之謂也當紂之世殷罔不小大好草竊姦宄周公遷殷頑民於洛邑其

下愚之人必有之矣周公之於三聖不能踰也三聖有所不化矣有所不移矣周公之不能化殷之頑民所可知也苟不可移必或犯罪罪而弗刑是失所也犯而刑之刑不可措矣孟軻有言盡信書不如無書有大而言之者刑措之屬也豈億兆之民歷數十年而無一人犯罪一物失所哉謂之無者盡信書之謂也又安身論曰蓋崇德莫盛乎安身安身莫大乎存政存政莫重乎無私無私莫深乎寡欲是以君子安其身而後動易其心而後語定其交而後行然則動者吉凶之端也語者榮辱之主也求者利病之幾也行者安危之決也故君子不妄動也必適於道不徒語也必經於理不苟求也必造於義不虛行也必由於正夫然用能免或擊之凶厚自天之佑故身不安則殆言不順則悖交不審則惑行不篤則危四者存乎中則憂患接乎外矣憂患之接必生于自私而

興於有欲自私者不能成其私有欲者不能濟其欲理之至也觀此二文知粲工持論雅似魏晉諸賢其它所著別有儒吏論務本論爵論亦見類聚諸書所引均於名法之言爲近

魏志粲傳引典略曰粲才既高辯論應機豈不信哉（王輔嗣爲王業之子業即粲之嗣子也知輔嗣善持論亦承仲宣之傳）

三國志魏鍾會傳會弱冠與山陽王弼並知名弼好論儒道辭才逸辯注易及老子爲尚書郎年二十餘卒（裴注云弼字輔嗣）又曹爽傳何晏何進孫也少以才秀知名好老莊言作道德論及諸文賦著述凡數十篇（摘錄裴注晏字平叔）

世說新語文學篇劉注引魏氏春秋曰晏少有異才善談易老又引文章敍錄曰晏能清言而當時權勢天下談士多宗尚之又引文章敍錄曰自儒者論以老子非聖人絕禮棄學晏說與聖人同著論行於世也

三國志魏夏侯玄傳玄字太初少知名裴注引魏略曰玄嘗著樂毅張良及本無肉刑論辭旨通遠咸傳於世

三國志魏鍾會傳少敏慧夙成及壯有才數技異而博學精練名理會嘗論易無互體才性同異及會死後於會家得書二十篇名曰道論而實刑名家也其文似會世說文學篇劉注引魏志作會論才性同異傳於世

三國志會傳注引何邵王弼傳曰弼幼而察慧年十餘好老氏通辯能言父業爲尚書郎時裴徽爲吏部郎弼未弱冠往造焉徽一見而異之問弼曰夫無者誠萬物之所資也然聖人莫肯致言而老子申之無已者何弼曰聖人體無無又不可以訓故不說也老子是有者也故恆言無所不足尋亦爲傅嘏所知於時何晏爲吏部尚書甚奇弼歎之曰仲尼稱後生可畏若斯人者可與言天人之際乎正始中弼補臺郎初除覲爽請間爽爲

屛左右而弼與論道移時無所他及淮南人劉陶善論從橫爲
當時所推每與弼語常屈弼弼天才卓出當其所得莫能奪也
性和理樂游宴解音律善投壺其論道附會文辭不如何晏自
然有所拔得多晏也頗以所長笑人故時爲士君子所疾弼與
鍾會善會論議以校練爲家然每服弼之高致何晏以爲聖人
無喜怒哀樂其論甚精鍾會等述之弼與不同以爲聖人茂於
人者神明也同於人者五情也神明茂故能體冲和以通無五
情同故不能無哀樂以應物然則聖人之情應物而無累於物
者也今以其無累便謂不復應物失之多矣弼注易潁川人荀
融難弼大衍義弼答其意白書以戲之曰夫明足以尋極幽微
而不能去自然之性顔子之量孔父之所預在然遇之不能無
樂喪之不能無哀又常狹斯人以爲未能以情從理者也而今
乃知自然之不可革足下之量雖已定乎胸懷之內然而隔踰

旬朔何其相思之多乎故知尼父之於顏子可以無大過矣弼注老子爲之指略致有理統著道略論注易往往有高麗言太原王濟好談病老莊常云見弼易注所悟者多然弼爲人淺而不識物情正始十年曹爽廢以公事免其秋遇癘疾亡時年二十四無子絕嗣弼之卒也晉景王聞之嗟歎者累日其爲高識所惜如此摘錄案此傳多爲世說諸書所本世說劉注引魏氏春秋亦云一弼論道約美不如晏自然出拔過之所云論道約美即指老易諸注言

案晏文傳於今者以景福殿賦文選瑞頌藝文類聚論語集解序爲最著其議禮之文有難蔣濟叔嫂無服論通典祀五郊六宗厲殃議同上論古之文有白起論史記起傳集解冀州論御覽引據世說文學篇則晏曾注老子後見弼注改以所注爲道德二論今已不傳其析理之文傳於今者有列子仲尼篇張注所引無名論其文曰爲民所譽則有名者也无譽无名者也若夫聖人

名无名譽无譽謂无名爲道无譽爲大則夫无名者可㠯言有名矣无譽者可㠯言有譽矣然與夫可譽可名者豈同用哉此比於无所有故皆有所有矣而於有所有之中當與无所有相從而與夫有所有者不同同類无遠而相應異類无近而不相違譬如陰中之陽陽中之陰各㠯物類自相求從夏日爲陽而夕夜遠與冬日共爲陰冬日爲陰而朝晝遠與夏日同爲陽皆異於近而同於遠也詳此異同而後无名之論可知矣凡所㠯至於此者何哉夫道者惟无所有者也自天地已來皆有所有矣然猶謂之道者㠯其能復用无所有也故雖處有名之域而沒其无名之象由㠯在陽之遠體而忘其自有陰之遠類也夏侯玄曰天地㠯自然運聖人㠯自然用自然者道也道本无名故老氏曰彊爲之名仲尼稱堯蕩蕩无能名焉下云巍巍成功則彊爲之名取世所知而稱

耳豈有名而更當云无能名焉者邪夫惟无名故可得徧㠯天下之名名之然豈其名也哉唯此是喻而終莫悟是觀泰山崇崛而謂元氣不浩芒者也觀晏此論知晏之文學已開晉宋之先而晏玄所持之理亦可悉其大略矣

又案弼文傳于世者今鮮全篇惟易注易略例老子注均爲完書其易略例明象篇曰自統而尋之物雖衆則知可以執一御也由本以觀之義雖博則知可以一名舉也處旋機以觀大運則天地之動未足怪也據會要以觀方來則六合輻湊未足多也故舉卦之名義有主矣觀其彖詞則思過半矣夫古今雖殊軍國異容中之爲用故未可遠也品制萬變宗主存焉又明爻篇曰情僞之動非數之所求也故合散屈伸與體相乖形躁好靜質柔愛剛體與情反質與願違巧歷不能定其算數聖明不能典要法制所不能齊度量所不能均

也召雲者龍命呂者律二女相違而剛柔合體隆埏永嘆遠
鑾必盈投戈散地則六親不能相保同舟而濟則胡越何患
乎異心故苟擇其情不憂乖遠局明其趣不煩强武觀此二
則可以窺輔嗣文章之略蓋其爲文句各爲義文質兼茂非
惟析理之精也
又案王何注經其文體亦與漢人逈異如易乾卦三爻王注
云處下體之極居上體之下在不中之位履重剛之險上不
在天未可以安其尊也下不在田未可以寧其居也純脩下
道則居上之德廢純脩上道則處下之禮曠故終日乾乾至
於夕惕猶若厲也又復卦彖傳注云復者反本之謂也天地
以本爲心者也凡動息則靜靜非對動者也語息則默默非
對語者也然則天地雖大富有萬物雷動風行運化萬變寂
然至无是其本矣故動息地中乃天地之心見也若其以有

爲心則異類未獲具存矣又何晏論語集解爲政篇百世可知注云物類相召世數相生其變有常故可預知又里仁篇德不孤章注云方以類聚同志相求故必有鄰是以不孤又子罕篇唐棣之華節注云夫思者當思其反反是不思所以爲遠能思其反何遠之有言權可知惟不知思耳思之有次序斯可知矣舉斯數則足審大凡厥後郭象注莊子張湛注列子李軌注法言范寧注穀梁其文體並出於此而漢人箋注文體無復存矣又案玄之所著有夏侯子其遺文偶見太平御覽其肉刑論（見通典）樂穀論（藝文類聚）至今具存（餘文詳本傳）御覽所引別有辨樂論二則蓋與詞宗辨難之文也（其一則云阮生云律呂協則陰陽和音聲適則萬物類天下無樂而欲陰陽和調災害不生亦以難矣此言律呂音聲非徒化治人物可以調和陰陽蕩除災害也夫天地定位剛柔相摩盈虛有時堯遭九年之水憂民阻饑湯遭七年之旱欲遷其社豈律呂不和音聲不通哉此乃天然之數非人道所協也）

又案會文傳於今者以檄蜀文平蜀上言（本傳）母夫人張氏傳（本傳注）爲最著其御覽諸書所引別有芻蕘論與魏志所云道論或即一書（隋志五卷）其析理之文如魏志所載易無互體才性同異諸論今均不傳世說文學篇云鍾會撰四本論欲使嵇公一見劉注云四本者有才性同才性異才性合才性離也尙書傅嘏論同中書令李豐論異侍郎鍾會論合屯騎校尉王廣論離據劉說則才性同異論即四本論乃與嘏等同作復集合其義而論之者也（會作老子注其逸文時見各家甄引）

乙嵇阮之文

三國志魏王粲傳阮瑀子籍才藻豔逸而倜儻放蕩行己寡欲以莊周爲模（裴注籍字嗣宗）

案魏志以才藻豔逸評籍最爲知言籍爲元瑜之子瑜之所作如爲曹公作書與孫權諸篇均尙才藻多優渥之言此即

籍文所自出也

嵇叔良魏散騎常侍阮嗣宗碑曰先生承命世之美希達節之度得意忘言尋妙於萬物之始窮理盡性研幾於幽明之極（廣文選揚慎丹鉛總錄以此文爲東平太守嵇叔良撰是也或作叔夜撰非是）

臧榮緒晉書曰籍善屬文論初不苦思率爾便成（文選五君詠李注引）

案籍才思敏捷蓋亦得自元瑜世說文學篇謂魏封晉王爲公備禮九錫就籍求文籍時宿醉書札爲之無所點定足與臧書之說互明（劉注引顧愷之晉文章記曰阮籍勸進落落有弘致）

三國志魏王粲傳時有又譙郡嵇康文辭壯麗好言老莊而尚奇任俠（裴注康字叔夜）

案魏志以文辭壯麗評康亦至當之論

三國志注引嵇喜所撰康傳曰家世儒學少有雋才曠邁不羣高亮任性學不師授博洽多聞長而好老莊之業恬靜無欲善

屬文彈琴詠詩自足於懷抱之中著養生篇撰錄上古以來聖賢隱逸遁心遺名者集爲傳贊摘錄

三國志注引魏氏春秋曰康所著諸文論六七萬言皆爲世所玩詠

案世說注諸書所引有嵇康集目錄太平御覽引作嵇康集序

御覽引李充翰林論曰研求名理而論生焉論貴於允理不求支離若嵇康之論成文矣

案李氏以論推嵇明論體之能成文者魏晉之間實以嵇氏爲最

文心雕龍體性篇嗣宗倜儻故響逸而調遠叔夜儁俠故興高而釆烈

案彥和以響逸調遠評籍文與魏志才藻豔逸說合蓋阮文

之麗麗而清者也以興高采烈許康文亦與魏志文詞壯麗
說合蓋嵇文之麗麗而壯者也均與徒事藻采之文不同
文心雕龍時序篇正始餘風篇體輕澹而嵇阮應繆並馳文路
案彥和此論蓋兼王何諸家之文言故言篇體輕澹其兼及
嵇阮者以嵇阮同爲當時文士非以輕澹目嵇阮之文也即
以詩言嵇詩可以輕澹相目豈可移以目阮詩哉
文心雕龍才略篇嵇康師心以遣論阮籍使氣以命詩殊聲而
合響異翮而同飛
案此節以論推嵇以詩推阮實則嵇亦工詩阮亦工論彥和
特互言見意耳
文心雕龍明詩篇正始明道詩雜仙心何晏之徒率多浮淺惟
嵇旨清峻阮旨遙深故能標焉（明詩篇又謂叔夜含其潤）
案嵇阮之文豔逸壯麗大抵相同若施以區別則嵇文近漢

孔融析理綿密阮所不逮阮文近漢禰衡託體高健嵇所不及此其相異之點也至其爲詩則爲體逈異大抵嵇詩清峻而阮詩高渾彥和所謂遙深即阮詩之旨言非謂阮詩之體也

又案鍾氏詩品謂阮籍詠懷之詩可以陶性靈發幽思言在耳目之內情寄八荒之外會於風雅厥旨淵放歸趣難求又謂康詩露才頗傷淵雅之志然託喻清遠良有鑒裁亦未失高流與彥和所評相近亦嵇阮詩體不同之證也要之魏初詩歌漸趨輕靡嵇阮矯以雄秀多爲晉人所取法故彥和評論魏詩亦惟推重二子也

又案阮氏之文傳於今者有東平賦首陽山賦鳩賦獼猴賦清思賦元父賦大抵語重意奇頗事華采其意旨所寄所爲大人先生傳其體亦出於漢人設論如解嘲之屬然雜以騷賦各

體爲漢人所未有若文選所錄爲鄭冲勸晉王牋詣蔣公奏記辭辟命文雖雅健非阮氏文章之本色也其論文傳於今者若通老論諸文今均弗完惟見御覽諸書所引其見於明人所刻阮集者（阮集隋志十三卷今其存者僅矣）有通易論達莊論樂論三篇通易綜貫全經之義以推論世變之由其文體奇偶相成間用韻語達莊論亦多韻語然詞必對偶以氣騁詞樂論文尤繁富輔以壯麗之詞（如首段云樂者天地之體萬物之性也合其體得其性則和離其體失其性則乖昔者聖人之作樂也將以順天地之性作萬物之生也故定天地八方之音以迎陰陽八風之聲均黃鐘中和之律開羣生萬物之情故律呂協則陰陽和音聲適而萬物類男女不易其所君臣不犯其位四海同其觀九州一其師奏之圜丘而天神降奏之方岳而地祇上應天地合其德則萬物和其生刑賞不用而民自安矣乾坤易簡故雅樂不煩道德平淡故無聲無味不煩則陰陽自通無味則百物自樂日遷善成化而不自知風俗移易而同於是樂此自然之道樂之所始也）

阮氏之文蓋以此數篇爲至美別有答伏義書一書亦足窺

阮氏文體之概略其詞曰承音覽旨有心翰跡夫九蒼之高迅羽不能尋其巔四溟之深幽鱗不能測其底矧無毛分所能論哉且玄雲無定體應龍不常儀或朝濟夕卷翕忽代興或泥潛天飛晨降宵升舒體則八維不足㠯暢迹促節則無閡足㠯從容是又瞽夫所不能瞻瓌蟲所不能解也然則弘脩淵邈者非近力所能究矣靈變神化者非局器所能察矣何吾子之區區而吾眞之務求乎人力勢不能齊好尚舛異鸞鳳凌雲漢㠯舞翼鳩鷃悅蓬林㠯翺翔螭浮八濱㠯濯鱗鼇娛行潦而羣逝斯用情各從其好㠯取樂焉據此非彼胡可齊乎夫人之立節也將舒網㠯籠世豈樽樽㠯入罔方開模㠯範俗何暇毀質㠯通（或作適）檢若良運未協神機無準則騰精抗志邈世高超蕩精舉于玄區之表攄妙節於九垓之外而翺翱之乘景躍踸踔陵忽荒從容與道化同逌逍遙與

日月並流交名虛㠯齊變及英祇㠯等化上乎無上下乎無下居乎無室出乎無門齊萬物之去留隨六氣之虛盈總玄綱於太極撫天一於寥廓飄埃不能揚其波飛塵不能垢其潔徒寄形軀於斯域何精神之可察雖業無不聞略無不稱而明有所逮未可怪也觀君子之趨欲銜傾城之金求百錢之售制造天之禮擬膚寸之檢勞王躬㠯役物守臊穢㠯自畢沈牛跡之浥薄慍河漢之無根其陋可愧其事可悲亮規略之懸踰信大道之弘幽且局步於常衢無爲思遠㠯自愁比連趻憒力喻不多此文亦阮氏意旨所寄觀其文體餘可類推

又案嵇氏之文傳於今者㠯琴賦太師箴爲最著別有卜疑文仿卜居家誡與山巨源絕交書與呂長悌絕交書其文體均變漢人之舊論文自養生論外有答向子期難養生論釋私論

管蔡論明膽論難宅無吉凶攝生論答某氏難宅無吉凶攝生論（本集作答張遼叔）析理綿密亦爲漢人所未有（嵇文長于辨難文如剝繭無不盡之意亦阮氏所不及也）其所著聲無哀樂論文詞尤爲繁富今摘錄其首節其詞曰夫天地合德萬物貴生寒暑代往五行㠯成故章爲五色發爲五音音聲之作其猶臭味在於天地之間其善與不善雖遭遇濁亂其體自若而不變也豈㠯愛憎易操哀樂改度哉及宮商集化聲音克諧此人心至願情欲之所鍾古人知情不可恣欲不可極因其所用每爲之節使哀不至傷樂不至淫斯其大較也然樂云樂云鍾鼓云乎哉哀云哀云哭泣云乎哉因茲而言玉帛非禮敬之實歌舞非悲哀之主也何㠯明之夫殊方異俗歌哭不同使錯而用之或聞哭而歡或聽歌而慼然而哀樂之情均也今用均同之情而發萬殊之聲斯非音聲之無常哉然聲音和比感人最深者

也勞者歌其事樂者舞其功夫內有悲痛之心則激切哀言言比成詩聲比成音雜而咏之聚而聽之心動於和聲情感於苦言嗟歎未絕而泣涕流漣矣夫哀心藏於苦心內遇和聲而後發和聲無象而哀心有主夫㠯有主之哀心因乎無象之和聲其所覺悟唯哀而已豈復知吹萬不同而使其自已哉風俗之流遂成其政是故國史明政教之得失審國風之盛衰吟咏情性㠯諷其上故曰亡國之音哀㠯思也夫喜怒哀樂愛憎慙懼凡此八者生民所㠯接物傳情區別有屬而不可溢者也夫味㠯甘苦爲稱今㠯甲賢而心愛㠯乙愚而情憎則愛憎宜屬我而賢愚宜屬彼也可㠯我愛而謂之愛人我憎而謂之憎人所喜則謂之喜味所怒則謂之怒味哉由此言之則外內殊用彼我異名聲音自當㠯善惡爲主則無關於哀樂哀樂自當㠯情感爲主則無係于聲音名實

俱去則盡然可見矣又難張遼叔自然好學論曰夫民之性好安而惡危好逸而惡勞故不擾則其願得不逼則其志從洪荒之世大樸未虧君無文于上民無競于下物全理順莫不自得飽則安寢飢則求食怡然鼓腹不知爲至德之世也若此則安知仁義之端禮律之文及至人不存大道陵遲乃始作文墨㠯傳其意區別羣物使有類族造立仁義㠯嬰其心制其名分㠯檢其外勸學講文㠯神其教故六經紛錯百家繁熾開榮利之塗故奔騖而不覺是㠯貪生之禽食園池之粱菽求安之士乃詭志㠯從俗操筆執觚足容蘇息積學明經㠯代稼穡是㠯困而後學學㠯致榮計而後習好而習成有似自然故令吾子謂之自然耳推其原也六經㠯抑引爲主人性㠯從容爲歡抑引則違其願從欲則得自然然則自然之得不由抑引之六經全性之本不須犯情之禮律故

仁義務于理僞非養眞之要術廉讓生于爭奪非自然之所出也由是言之則鳥不毀㠯求馴獸不羣而求畜則人之眞性無爲正當自然耽此禮學矣論又云嘉肴珍膳雖所未嘗嘗必美之適于口也處在闇室覩烝燭之光不敎而悅得于心況㠯長夜之冥得照太陽情變鬱陶而發其蒙雖事以末來情以本應則無損于自然好學難曰夫口之于甘苦身之於痛癢感物而動應事而作不須學而後能不待借而後有此必然之理吾所不易也今子以必然之理喻未必然之好學則恐似是而非之議學如一粟之論於是乎在也今子立六經以爲準仰仁義以爲主以規矩爲軒駕以講誨爲哺乳由其塗則通乖其路則滯遊心極視不覩其外終年馳騁思不出位聚族獻議唯學爲貴執書擿句俯仰咨嗟使服膺其言以爲榮華故吾子謂六經爲太陽不學爲長夜耳今若㠯

口堂爲丙舍以誦諷爲鬼語以六經爲蕪穢以仁義爲臭腐覩文籍則目瞧修揖讓則變傴襲章服則轉筋譚禮典則齒齲於是兼而棄之與萬物爲更始則吾子雖好學不倦猶將闕焉則向之不學未必爲長夜六經未必爲太陽也俗語曰乞兒不辱馬醫若遇上有無文之始可不學而獲安不勤而得志則何求於六經何欲於仁義哉以此言之則今之學者豈不先計而後學苟計而後動則非自然之應也子之云云恐故得菖蒲葅耳觀此二文足審嵇氏論文之體矣

又案魏晉文章其文體與阮氏相近者爲伏義答阮籍書見明刊本阮嗣宗集義字公表張邈叔自然好學論見明刊本嵇中散集邈叔此文與阮爲近劉伶酒德頌見晉書伶文惟傳此篇世說文學篇以爲意氣所寄嵇叔良阮嗣宗碑此文蓋仿阮文爲之其與嵇氏相近者厥惟向秀一人向氏論文其傳於今者雖僅難嵇氏養生論一篇見嵇中散集然其析理綿密不滅嵇氏

諸難隋志有向秀集十二卷知向氏之文六朝之時傳者甚衆然其所工蓋尤在析理一體據世說言語篇注引向秀別傳謂弱冠著儒道論世說文學篇又謂向秀于莊子舊注外爲解義妙析奇致大暢玄風郭象竊爲己注是今所傳莊子注多屬向氏之書也自是以外若李康運命論曹元首六代論雖較漢人論體爲恢然與嵇阮所作異也

又案嵇阮學術文章其影響及於當時及後世者實與王何諸人異派據世說文學篇謂袁彥伯作名士傳劉氏注云宏以夏侯太初何平叔王輔嗣爲正始名士阮嗣宗嵇叔夜山巨源向子期劉伯倫阮仲容王濬仲爲竹林名士裴楷則樂彥輔王夷甫庾子嵩王安期阮千里衞叔寶謝幼輿爲中朝名士此即嵇阮諸人與王何異之確證也迄於西晉一時文士蓋均承王何之風以辨析名理爲主即干寶晉紀總論所謂學者以莊老爲宗談者以虛薄爲辯者也故史册所載當時人士或云通老易老莊如王衍妙善玄言惟說老莊爲事

晉書王衍本傳裴楷特精易義世說德行篇注引晉諸公贊阮修好老易能言理世說文學篇注引名士傳謝鯤性通簡好老易文學篇注引晉陽秋郭象能言莊老世說賞譽篇注引名士傳庾敳自謂老莊之徒世說文學篇注引晉陽秋是也或以理識相高如滿奮清平有識世說言語篇注引荀綽冀州記閭丘冲清平有鑒識世說品藻篇注引荀綽兗州記樂廣冲曠有理識世說言語篇注引虞預晉書劉漠以清識爲名世說賞譽篇注引晉後略楊髦清平有貴識世說品藻篇注引冀州記是也或以善言名理相標如裴頠善談名理世言語篇引王衍語注引冀州記王濟能清言世說言語篇注引晉諸公贊裴遐少有理稱世說文學篇注引晉諸公贊以辯論爲業文學篇注引鄧粲晉記王承言理辨物但明旨要世說品藻篇注引江左名士傳王敦少有名理文學篇注引敦別傳蔡洪有才辯世說言語篇注引洪集錄是也又據世說文學篇注引晉諸公贊云自魏太常夏侯玄步兵校尉阮籍等皆著道德論於時侍中樂廣吏部郎劉漢亦體道而言約尚書令王夷甫講禮而才虛散騎常侍戴奧以

學道爲業後進庾敳之徒皆希慕簡曠裴頠疾世俗尚虛無之理故著崇有二論以折之才博喻廣學者不能究（崇有論見晉書又世說文學篇注引惠帝起居注云頠著二論以規虛誕之弊文詞精富爲世名論）又據言語篇注引晉諸公贊謂夷甫好尚談稱爲時人物所宗蓋清談之風成於王衍諸人而溯其遠源則均王何之餘緒迄於裴頠（世說文學篇注引晉諸公贊謂裴頠談理與王夷甫不相上下）樂廣衞玠（世說賞譽篇注引玠別傳云玠少有名理善通老莊文學篇注引玠別傳云玠少有名理善易老）而其風大成即王敦所謂不悟永嘉之中復聞正始之音者也（世說賞譽篇注引玠別傳）故范寧之徒即以王何爲罪人孫盛晉陽秋亦曰正始中王弼何晏好莊老之玄談而俗遂貴（文選注引）其他晉人所論並與相同均其證也然王何雖工談論及著爲文章亦爲後世所取法迄于西晉則王衍樂廣之流文藻鮮傳于世用是言語文章分爲二途（世說文學篇謂樂令善於清言而不長於手筆將讓河南尹請潘岳爲表述己所以爲讓二百許語潘直取錯綜便成名筆又

謂太叔廣甚辯給摯仲洽長於翰墨每至公坐廣談仲洽不能對退著筆難廣廣又不能答又謂江左殷太常父子並能言理而有辯訥之異揚州口談至劇太常輒云汝更思吾論是當時言語文學分爲二事惟出口成章便成文彩具見晉書及世說各書迄於宋齊其風未替亦足窺當時之風尙矣至當時之文其確能祖述王何文體者惟石崇巢許論其詞曰蓋聞聖人在位則羣材必舉官才任能輕重允宜大任已備則不抑大才使居小位小才已極其分則不以積久而分處過才之位然則稷播嘉穀契敷五敎皐陶藝龍各已授職其聯屬之官必得其才則必不重載兼置斯可知也巢許則元凱之儔大位已充則宜敦廉讓以厲俗崇無爲以化世然後動靜之效備隱顯之功著故能成巍巍之化民莫能名將何疑焉此文見藝文類聚引以及郭象莊子注序世說文學篇注引文士傳郭象作莊子注最有清詞遒旨所評至盡其序文尤佳今錄如下其詞曰夫莊子者可謂知本矣故未始藏其狂言言雖無會而獨應者也夫應而非會則雖當無用言非物事則雖高不行與夫寂然不動不得已而後起者固有間矣斯可謂知無心者也夫心無爲則隨感而應應隨其時言唯謹爾故與化爲體流萬代而冥物豈曾設對獨遘而遊談乎方外哉此其所以不經而爲百家之冠也然莊生雖未體之言則至矣通天地之統序萬物之性達死生之變而明內聖外王之道上知造物無物下知有物之自造也其言宏綽其旨玄妙至至之道融微旨雅泰然遺放放而不敖故曰不知義之所適猖狂妄行而

蹈其大方含哺而熙乎澹泊鼓腹而游乎混芒至人極乎無親孝慈終於兼忘禮樂復乎已能忠信發乎天光用其光則其朴自成是以神器獨化於玄冥之境而源流深長也故其長波之所蕩高風之所扇暢乎物宜適乎民願弘其鄙解其懸灑落之功未加而矜夸所以散故觀其書超然自以爲己當經崑崙涉太虛而游惚怳之庭矣雖復貪婪之人進躁之士暫而攬其餘芳味其溢流彷佛其音影猶足曠然有忘形自得之懷況探其遠情而玩永年者乎遂綿邈清遐去離塵埃而返冥極者也

歐陽建言盡意論其詞曰有雷同君子問於違眾先生曰世之論者以爲言不盡意由來尚矣至乎通才達識咸以爲然若夫蔣公之論眸子鍾傳之言才性莫不引此爲談證而先生以爲不然何哉先生曰夫天不言而四時成焉聖人不言而鑒識存焉形不待名而方圓已著色不俟稱而黑白以彰然則名之於物無施者也言之於理無爲者也而古今務於正名聖賢不能去言其故何也誠以理得於心非言不暢物定於彼非名不辯言不暢心則無以相接名不辯物則鑒識不顯鑒識顯而名品殊言稱接而情志暢原其所以本其所由非物有自然之名理有必定之稱也欲辯其實則殊其名欲宣其志則立其稱名逐物而遷言因理而變此猶聲發響應形存影附不得相與爲二苟其不二則無不盡吾故以爲盡矣此文亦見藝文類聚所引諸篇而已

又案西晉之士其以嗣宗爲法者非法其文惟法其行用是清談而外別爲放達據世說德行篇注引王隱晉書謂魏末

阮籍嗜酒荒放露頭散髮裸袒箕踞其後貴游子弟阮瞻王澄謝鯤胡母輔之之徒皆祖述於籍謂得大道之本據晉書所載則山簡張翰畢卓庾敳光逸阮孚之流皆屬此派即傅玄所謂魏氏虛無放誕之論盈於朝野（文選晉紀總論注引于氏晉紀載玄上書）應詹所謂以容放爲夷達（文選晉紀總論注引劉謙晉紀所載詹表）是也然山簡以下其文采亦少概見其以文學名者首推張翰（翰詩尤長于文文選張季鷹雜詩注引王儉七志云翰字季鷹文藻新麗）次則謝鯤阮孚而已即其推論名理亦出樂廣諸人之下

丙潘陸及兩晉諸賢之文

文選文賦李注引臧榮緒晉書曰陸機字士衡與弟雲勤學天才綺練當時獨絕新聲妙句係蹤張蔡

案臧書以機文爲綺練所評至精

文選籍田賦注引臧榮緒晉書潘岳字安仁總角辯慧摛藻清

豔

世說文學篇引孫興公（即孫綽）云潘文爛若披錦無處不善陸文若排沙簡金往往見寶又引孫興公云潘文淺而淨陸文深而蕪

案劉注引文章傳曰機善屬文司空張華見其文章篇篇稱善猶譏其作文大治謂曰人之作文患於不才至子爲文乃患太多也又引續文章志曰岳爲文選言簡章清綺絕倫蓋陸氏之文工而縟潘氏之文雖綺而清故孫氏論文以爲潘美於陸（御覽引抱朴子云歐陽生曰張茂先潘正叔潘安仁文遠過二陸二陸文詞源流不出俗檢）

又案世說文學篇注引晉陽秋曰岳夙以才穎發名善屬文清綺絕世蔡邕不能過也亦以岳文爲清綺即續文章志之所本也

意林北堂書鈔引葛洪抱朴子佚篇曰吾見二陸之文猶元圃

積玉莫非夜光方之他人若江漢之與潢汙及其精處妙絕漢魏之人也又云讀二陸之文未嘗不廢書而歎恐其盡卷又云陸子十篇詞之富者雖覃思不能損

文心雕龍鎔裁篇曰至如士衡才優而綴辭尤繁士龍思劣而雅好清省及雲之論機亟恨其多而稱清新相接不以爲病案見雲集與兄平原書

文心雕龍才略篇曰陸機才欲窺深辭務索廣故思能入巧而不制煩士龍朗練以識檢亂故能布采鮮淨敏於短篇

案諸家所論均謂士衡之文偏於繁縟又雕龍定勢篇云陸雲自稱往日論文先詞而後情尚勢而不取悅澤及張公論文則欲宗其言亦見與兄書可謂先迷後復能從善亦足爲士雲之文定論案雲集與兄平原書其中數首於機文評論極當允宜參考

初學記引李充翰林論潘安仁爲文猶翔禽之羽毛衣被之綃縠

文心雕龍才略篇曰潘岳敏給辭自和暢鍾美於西征賈餘于哀誄非自外也

案彥和以敏給推岳與時序篇義同

文心雕龍體性篇曰安仁輕敏故鋒發而韻流士衡矜重故情繁而詞隱

案六朝論西晉文學者必以潘陸爲首故宋書謝靈運傳論以爲降及元康潘陸特秀南齊書文學傳論亦謂潘陸齊名機岳之文永異也然西晉一代文士實繁雕龍才略篇于評論潘陸外又謂張華短章奕奕清暢左思奇才業深覃思盡銳於三都拔萃于詠史又謂孫楚綴思每直置以疎通摯虞述懷必循規以溫雅其品藻流別有條理焉傅玄篇章義多規鏡長虞筆奏世執剛中並楨幹之實才非羣華之韡萼也成公子安選賦而時美夏侯孝若具體而皆微曹攄清靡於

長篇季鷹辨切於短韵各其善也孟陽景陽才綺而相埒可謂魯衛之政兄弟之文也劉琨雅壯而多風盧諶情發而理昭亦遇之於時勢也（以上均雕龍語）彥和所舉舍張華（張華之文陸雲致兄平原書評之甚詳）摯虞傅玄傅咸兼長學業（時學人工文者別有皇甫謐束皙葛洪諸家）劉琨兼擅事功外均以文學著名彥和所未舉者別有應貞潘尼歐陽建木華王瓚諸人亦長文學今略摘史冊所記錄之如左（張翰見前）

應貞（字吉甫）三國志王粲傳貞以文章顯

孫楚（字子荊）晉書楚傳載王濟銓楚品狀云天才英博

張載（字孟陽）文選七哀詩注引臧榮緒晉書載有才華

張協（字景陽載弟）鍾氏詩品謂協詩雄于潘岳靡於太冲風流條達實曠代之高手（協弟亢字季陽與載協並稱三張晉書謂其亦有文譽）

潘尼（字正叔岳從子）文選贈陸機詩注引文章志尼有清才

何邵字敬祖　文選游仙詩注引臧榮緒晉書邵博學多聞善屬篇章

左思字太冲　世說文學篇注引思別傳博覽名文有文才

夏侯湛字孝若　世說文學篇引文士傳湛有盛才文章巧思名亞潘岳岳有湛誄

成公綏　文選嘯賦注引臧榮緒晉書綏少有俊才辭賦壯麗

嵇含字君道　太平御覽引嵇氏世家書楙雲集含不起草北堂書鈔引抱朴子逸文君道摛毫妙觀雖與並驅

曹攄字顏遠　太平御覽引晉書攄詩文多雄才

盧諶字子諒　文選覽古詩注引徐廣晉記諶有才理

歐陽建字堅石　御覽引歐陽建別傳文詞美贍構理精微

木華字玄虛　文選海賦引傅亮文章志云玄虛爲海賦文甚

儁麗

王瓚字正長文選雜詩注引臧榮緒晉書瓚博學有俊才

又案西晉人士其於當時有文學者別有周處石拓周處碑云文章綺合藻思羅開張暢陸機薦暢表暢才思清敏張贍晉書陸雲傳移書薦贍云言敷其藻又曰篇章光覯蔡洪世說言語篇注引洪集錄洪有才辯崔君苗陸雲與兄平原書君苗自復能作文諸人其著作見於文選者見有石崇棗據郭泰機其詩文集傳於後世者據晉書及隋書經籍志所載則王濬二卷羊祜二卷以下以及山濤五卷杜預十八卷司馬彪四卷何邵二卷王渾五卷王濟二卷賈充五卷荀勗三卷何曾五卷裴秀三卷裴楷二卷劉毅二卷庾峻二卷薛瑩三卷盛彥五卷劉實二卷劉頌三卷虞溥二卷陳咸三卷吳商五卷曹志二卷王沈五卷衛展十五卷江統十卷庾儵二卷袁準二卷殷巨二卷卞粹五卷索靖三卷嵇紹二卷華嶠八卷江偉六卷陸沖二卷孫毓六卷郭象二卷裴頠九卷山簡二卷庾敳五卷鄒湛三卷王瓚五卷張輔二卷夏侯淳二卷阮瞻二卷阮修二卷阮沖二卷張

敏卷二劉寶卷三宣舒卷五謝衡卷二蔡充卷二劉弘卷三牽秀卷四盧播卷二賈彬卷三杜育卷二孫惠卷十一閭丘冲卷二之屬均有專集又左貴嬪集四卷王渾妻鍾琰集五卷亦見隋志足徵西晉文學之盛矣

又案東晉人士承西晉清談之緒並精名理善論難以劉琰王蒙許詢爲宗其與西晉不同者放誕之風至斯盡革又西晉所云名理不越老莊至於東晉則支遁法深道安惠遠之流並精佛理故殷浩郗超諸人並承其風旁迄孫綽謝尚阮裕韓伯孫盛張憑王胡之亦均以佛理爲主息以儒玄嗣則殷仲文桓玄羊孚亦精玄論大抵析理之美超越西晉而才藻新奇言有深致即孫安國所謂南人學問清通簡要見世說文學篇也故其爲文亦均同潘而異陸近嵇而遠阮文心雕龍才略篇曰景純豔逸足冠中興郊賦既穆穆以大觀仙詩亦飄飄而凌雲矣庾元規之表奏靡密以閑暢溫太真之筆記循

理而清通亦筆端之良工也孫盛干寶文勝爲史準的所擬志乎典訓戶牖雖異而筆彩略同袁宏發軫以高驤故卓出而多偏孫綽規旋以矩步故倫序而寡狀殷仲文之孤興謝叔源之閑情並解散辭體縹緲浮音雖滔滔風流而大澆文意（以上均雕龍語）彥和所舉舍庾亮溫嶠兼擅事功孫盛干寶尤長史才外均以文學著名（王隱諸人亦長史才）彥和所未舉者別有庾闡曹毗王珣習鑿齒嵇含亦長文學今略摘史册所記錄之如左

郭璞（字景純）世說文學篇注引璞別傳文藻粲麗詩賦贊頌並傳於世

袁弘（字彥伯小名虎）世說文學篇注引續晉陽秋虎少有逸才文章絕麗（鍾氏詩品云彥伯雖文體未遒而鮮明緊健去凡俗遠矣）

孫綽（字興公）世說言語篇注引中興書綽少以文稱

許詢字玄度文選雜體詩注引晉中興書詢有才藻善屬文

庾闡字仲初世說文學篇注引中興書闡九歲便能屬文

曹毗字輔佐世說文學篇注引中興書毗好文籍能屬詞

王珣字元琳世說文學篇注引續晉陽秋珣文高當世賞譽篇注又引續晉陽秋王珉才辭富贍珉字季琰珣之弟

習鑿齒字彥威世說文學篇注引晉陽秋鑿齒才情秀逸言語篇注引中興書鑿齒少以文稱

殷仲文字仲文世說文學篇仲文天才弘贍注引續晉陽秋仲文雅有才藻著文數十篇

謝混字叔源文選游西池詩注引臧榮緒晉書混善屬文

又案東晉人士其於當時有文譽者別有孔坦世說言語篇注引王隱晉書坦有文辯伏滔世語言語篇注引中興書滔少有才學袁喬世說文學篇注引袁氏家傳喬有文才楊方晉書方傳載賀遁書方文甚有奇致謝萬世說文學篇注引中興書萬善屬文能談論顧愷之

世說文學篇引晉陽秋愷之博學有才氣王修世說賞譽篇云謝鎮西道敬仁文學鏃鏃無能不新敬仁即修字桓玄世說文學篇注引晉安帝紀玄文翰之美高於一世其詩文集傳於後世者據晉書及隋志所載則彭城王紘二卷譙王無忌九卷會稽王道八卷賀循二十卷顧榮五卷周顗三卷王導十一卷王敦十卷王廙三十四卷應詹五卷華譚二卷郄鑒十卷陶侃二卷蔡謨四十三卷劉隗二卷劉超二卷沈充二卷卞壼二卷荀崧一卷殷蝕十卷何充五卷谷儉一卷溫嶠十卷傅純二卷梅陶二十卷張闓二卷諸葛恢五卷戴邈五卷王愆期一卷熊遠十二卷孔坦十七卷庾冰二十卷庾翼二十二卷謝尚十卷江霦五卷江逌九卷桓溫二十卷殷浩五卷范汪十卷孔嚴十一卷王彪之二十卷荀組三卷王曠五卷張虞十卷羅含三卷王述五卷王坦之七卷郄愔四卷范寧十六卷顧和五卷王濛五卷李充十卷王羲之十卷虞預十卷應亨二卷孫統九卷王胡之十卷謝沈十卷王忱五卷李顒二十卷庾和二卷王洽五卷郄超十卷張望十二卷范弘之六卷劉恢二卷徐禪六卷王獻之十卷庾康之十卷王謐十卷殷允十卷殷康五卷

黃整十卷張憑五卷徐彥十卷庾統八卷王恭五卷孔汪十卷應碩二卷張悛五卷韓伯十六卷伏系之十卷鄭襲四卷徐邈二十卷戴逵十卷袁崧十卷殷仲堪十二卷喻希一卷蘇希七卷徐乾二十一卷祖台之二十卷何瑾十一卷羊徽十卷周祇二十卷殷闡十卷均有專集又傳統妻辛蕭集一卷王凝之妻謝道韞集三卷陶融妻陳窈集一卷徐藻妻陳玢集一卷劉臻妻陳璆集七卷劉柔妻王邵之集十卷鈕滔母孫瓊集二卷亦見隋志足徵東晉文學之盛矣

丁 總論

晉書文苑傳序曰金纂行極文雅斯盛張載擅銘山之美陸機挺焚硯之奇潘夏連輝頡頏名輩至於吉甫太冲江右之才俊曹毗庾闡中興之時秀信乃金相玉潤野會川冲

晉書文苑傳論曰孝若掞蔚春華時標麗藻安仁思緒雲騫詞鋒景煥夏論政範源王化之幽賾潘著哀詞貫天人之情性機文喻海潘藻如江

宋書謝靈運傳論曰降及元康（晉惠帝年號）潘陸特秀律異班賈體變曹王縟旨星稠繁文綺合綴平臺之逸響采南皮之高韻遺風餘烈事極江右在晉中興玄風獨秀爲學窮于柱下博物止于七篇馳騁文詞義殫乎此自建武暨于義熙歷載將百（建武元帝年號）雖比響聯詞波屬雲委莫不寄言上德託意玄珠遒麗之詞無聞焉爾仲文始革孫許之風叔源大變太元之氣（太元孝武年號）

案休文以江左文學遒麗無聞又謂爲學窮于柱下博物止于七篇亦舉其大要言之若綜觀東晉諸賢則休文之論未爲盡也

南齊書文學傳論曰屬文之道事出神思感召無象變化不窮俱五聲之音響而出言異句等萬物之情狀而下筆殊形吟詠規範本之雅什流分條散各以言區若陳思代馬羣章王粲飛鸞諸製四言之美前超後絕少卿離辭五言才骨難與爭騖桂

林湘水平子之華篇飛館玉池魏文之麗篆七言之作非此誰先卿雲巨麗升堂冠冕張左恢廓登高不繼賦貴披陳未或加矣顯宗之述傅毅簡文之摛彥伯分言制句多得頌體裴頠內侍元規鳳池子章以來章表之選孫綽之碑嗣伯喈之後謝莊之誄起安仁之塵顏延楊瓚自比馬督以多稱貴歸莊爲允王褒僮約束晳發蒙滑稽之流亦可奇瑋五言之製獨秀衆品習玩爲理事久則瀆在乎文章彌患凡舊若無新變不能代雄建安一體典論短長互出潘陸齊名機岳之文永異江左風味盛道家之言郭璞舉其靈變許詢極其名理仲文玄氣猶不盡除謝混情新得名未盛顏謝并起乃各擅奇休鮑後出咸亦標世朱藍共硏不相祖述

案蕭氏亦以東晉文學變於殷仲文謝混與沈氏所論略同

文心雕龍麗辭篇曰至魏晉羣才析句彌密聯字合趣剖毫

析鶩然契機者入巧浮假者無功

文心雕龍情采篇曰後之作者採濫忽眞遠棄風雅近師詞賦故體情之製日疏逐文之篇愈盛

文心雕龍練字篇曰自晉以來用字率從簡易時並習易人誰取難今一字詭異則羣句震驚三人弗識則將成字妖矣

案晉文異于漢魏者用字平易一也偶語益增二也論序益繁三也彥和所論三則殆盡之矣

文心雕龍時序篇曰逮晉宣始基景文克構並跡沈儒雅而務深方術至武帝惟新承平受命而膠序篇章弗簡皇慮降及懷愍綴旒而已然晉雖不文人才實盛茂先搖筆而散珠太冲動墨而橫錦岳湛曜聯璧之華機雲標二俊之采應傅三張之徒孫摯成公之屬並結藻清英流韻綺靡前史以爲運涉季世人未盡才誠哉斯談可爲歎息元皇中興披文建學劉刁禮吏而

寵榮景純文敏而優擢逮明帝秉哲雅好文會升儲御極孳孳講藝練情於誥策振采於詞賦庾以筆才逾親溫以文思益厚揄揚風流亦彼時之漢武也及成康促齡穆哀短祚簡文勃興淵乎清峻微言精理函滿玄席澹思濃采時灑文囿至孝武不嗣安恭巳矣其文史則有袁殷之曹孫于之輩雖才或淺深珪璋足用自中朝貴玄江左稱盛因談餘氣流成文體是以世極迍邅而辭意夷泰詩必柱下之旨歸賦乃漆園之義疏故知文變染乎世情興廢繫乎時序原始以要終雖百世可知也

案雕龍此節推論兩晉文學之變遷最爲詳盡

文心雕龍通變篇曰魏之篇製顧慕漢風晉之詞章瞻望魏采

又曰魏晉淺而綺

案雕龍通變篇所論于魏晉文學亦得大凡

又案晉人文學其特長之處非惟析理已也大抵南朝之文

其佳者必含隱秀然開其端者實惟晉文又出語必雋恆在自然此亦晉文所特擅齊梁以下能者鮮矣彥和以魏晉之文爲淺者亦以用字平易不事艱深即練字篇所謂自晉以來用字率從簡易也

文心雕龍詮賦篇曰太冲安仁策勳于鴻規士衡子安底績於流制景純綺巧縟理有餘彥伯梗概情韻不匱案晉人詞賦傳今較多者惟張華潘尼夏侯湛二傳二張孫楚摯虞束晳嵇含曹毗顧凱之諸人

案東漢以來詞賦雖逞麗詞左思三都矯之悉以徵實爲主自是以降則庾闡揚都于當時最有盛譽然孫綽天台山賦詞旨清新于晉賦最爲特出其他諸家所作大抵規模前作少有新體其與時作稍異者惟曹攄述志賦庾敳意賦而已

世說文學篇注引續晉陽秋論許詢曰自司馬相如王褒揚雄諸賢世尚賦頌皆體則詩騷傍綜百家之言及至建安而詩章大盛逮乎西朝之末潘陸之徒雖時有質文而宗歸不異也正

始中王弼何晏好莊老玄勝之談而世遂貴焉至過江佛理尤盛故郭璞五言始會合道家之言而韻之詢及太原孫綽轉相祖尚又加以三世之辭而詩騷之體盡矣詢綽並爲一時文宗自此作者悉體之至義熙中謝混始改世說文學篇亦云簡文稱許掾玄度五言詩可謂妙絶時人

文心雕龍明詩篇曰晉世羣才稍入輕綺張左潘陸比肩詩衢采縟于正始力柔於建安或析文以爲妙或流靡以自妍此其大略也江左篇製溺乎玄風羞笑徇務之志崇盛忘機之談袁孫已下雖各有雕采而辭趣一揆莫與爭雄所以景純仙篇挺拔而爲雋也宋初文詠體有因革莊老告退而山水方滋

案晉代之詩如張華張載之屬均與士衡體近然左思劉琨郭璞所作渾雄壯麗出于嗣宗東晉之詩其清峻之篇大抵出自叔夜惟許詢支遁所作雖多玄言其體仍近士衡自淵

明繼起乃合嵇阮之長此晉詩遷變之大略也

文心雕龍樂府篇曰逮于晉世則傅玄曉音創定雅歌以詠祖宗張華新篇亦充庭萬然杜䕫調律音奏舒雅荀勗改懸聲節哀急故阮咸譏其離磬後人驗其銅尺和樂精妙固表裏而相資矣

案本篇又謂子建士衡咸有佳篇並無詔伶人故事謝絲管蓋歌行或不入樂自魏晉始

文心雕龍頌讚篇魏晉雜頌鮮有出轍陸機積篇惟功臣最顯其褒貶雜居固末代之訛體也

又云景純注雅動植讚之義兼美惡亦猶頌之有變耳

文心雕龍銘箴篇張載劍閣其才清采迅足駸駸後發前至勒銘岷漢得其宜矣

又云至於潘勗符節要而失淺溫嶠侍臣博而患繁王濟國子

引廣事雜潘尼乘輿義正體蕪凡斯繼作鮮有克衷（此段論箴）

文心雕龍誄碑篇曰孫綽爲文志在碑誄温王郄庾詞多枝雜桓彝一篇最爲辨裁

案晉人碑銘之文如傅玄江夏任君墓銘孫楚牽招碑潘岳楊使君碑潘尼楊肅侯碑夏侯湛平子碑均以漢作爲楷模然氣清辭暢則晉賢之特色非惟孫綽王導郄鑒庾亮庾冰褚裒諸碑已也（彥和以爲枝雜持論稍過）碑銘以外頌之佳者則有江偉傅渾頌孫綽徐君頌諸篇（陸雲盛德諸頌以及潘尼釋奠頌過於繁富）箴之佳者則有陸雲逸民箴李充學箴諸作讚自夏侯湛東方朔畫讚袁弘三國名臣讚外若庾亮翟徵君讚戴逵閑游讚均有可觀（孫綽列仙傳諸讚郭元伯列仙傳讚均與郭氏讚體同又陸雲登遐頌亦讚體）誄則左貴嬪元皇后誄陸機愍懷太子誄（陸雲各誄尤繁）文之尤善者也

王隱晉書潘岳善屬文哀誄之妙古今莫比一時所推

文心雕龍祝盟篇曰潘岳之祭庾婦奠祭之恭哀也

文心雕龍哀弔篇建安哀詞偉長差善行女一篇時有惻怛及潘岳繼作實踵其美觀其慮贍辭變情洞悲苦敘事如傳結言摹詩促節四言鮮有緩句故能義直而文婉體舊而趣新金鹿澤蘭莫之或繼也

又云陸機之弔魏武詞巧而文繁

案晉代祭文傳于今者若庾亮祭孔子文周祇祭梁鴻文（庾文清約周文暢逸）弔文傳于今者若李充弔嵇中散文嵇含弔莊周文均爲佳作惟晉人文集所載別有弔書（如陸雲集弔陳永長書五首弔陳伯華書二首是也）哀策文（張華武帝及元皇后哀策文潘岳景獻皇后哀策文郭璞元帝哀策文王珣孝武帝哀策是也）各體文亦多工

文心雕龍詔策篇曰晉氏中興惟明帝崇才以溫嶠文清故引入中興自斯以後體憲風流矣（藝文類聚引晉中興書明帝元年以嶠爲中書令所下手詔有

又云教者效也若諸葛孔明之詳約庾稚恭之明斷並理得而詞中教之善也（文清旨遠宜居機密之語）

文心雕龍檄移篇曰陸機之移百官言約而事顯

案晉代詔書前後若一惟明帝討錢鳳詔簡文帝優恤兵士詔（晉明帝簡文帝孝武帝均有文集）較爲壯美詔書而外教之佳者王沈虞溥庾亮也檄之佳者庾闡袁豹也

文心雕龍論說篇迄至正始務欲守文何晏之徒始盛玄論於是聃周當路與尼父爭塗矣詳觀蘭石之才性仲宣之去伐叔夜之辨聲太初之本玄輔嗣之兩例平叔之二論並師心獨見鋒穎精密蓋人倫之英也至如李康運命同論衡而過之陸機辨亡效過秦而不及然亦其美矣次及宋岱郭象銳思於機神之區夷甫裴頠交辨於有無之域並獨步當時流聲後代然滯

有者全繫於形用貴無者專守於寂寥徒銳偏解莫詣正理動極神源其般若之絕境乎逮江左羣談惟玄是務雖有日新而多抽前緒矣

案晉代論文其最爲博大者惟陸機辨亡五等干寶晉紀總論諸篇東晉之世則紀瞻太極庾闡蓍龜殷浩易象羅含更生韓伯辨謙支遁逍遙均理精詞雋不事繁詞又張韓不用舌論王脩賢才論袁弘去伐明謙二論孫盛太伯三讓老聃非大賢論戴逵放達爲非道論釋疑論殷仲堪答桓玄四皓論亦均清穎有致雅近王何若孫綽喩道體近于嵇王坦之廢莊體近于阮亦其選也至若劉寔崇讓潘尼安身雖爲史書所載然文均繁縟其論事之文以江統徙戎伏滔正淮爲尤善擇而觀之可以得作論之式矣

文心雕龍奏啓篇晉氏多難災屯流移劉頌殷勤於時務溫嶠

懇切于費役並體國之忠規矣

又云傅咸勁直而按詞堅深劉隗切正而劾文闊略各其志也

文心雕龍議對篇何曾蠲出女之科秦秀定賈充之謚事實允當可謂達議體矣御覽引李充翰林論云駁不以華藻爲先傅長虞每奏駁事爲邦之司直矣

又云陸機斷議亦有鋒頴而諛詞弗翦頗累風骨初學記引李充翰林論云士衡之議可謂成文矣

文心雕龍章表篇晉初筆札則張華爲儁其三讓公封理周辭要引義比事必得其偶世珍鷦鷯莫顧章表及羊公之辭開府有譽於前談庾公之讓中書信美於往載序志顯類有文雅焉

劉琨勸進張駿自序文致耿介並陳事之美表也御覽引翰林論裴公之辭侍中羊公之讓開府可謂德音

案昭明文選于晉人之文惟錄張悛桓温諸表然晉代表疏或文詞壯麗如盧諶理劉司空表劉琨勸進表是也或擇言雅暢如王導請修學校疏孫綽

請移都洛陽疏是也其弊或流于煩冗劉毅請罷中正疏劉頌治淮南疏爲漢魏所無

又晉代學人如司馬彪傅咸吳商孫毓束晳摯虞虞溥虞喜蔡謨賀循王敞何琦范汪范寧王彪之范宣徐邈謝沈鄭襲之倫其議禮之文明辯暢達亦文學之足述者也

文心雕龍書記篇曰嵇康絕交實志高而文偉矣趙至敍離乃少年之激切也

又云劉廙謝恩喻切以至陸機自理情周而巧牋之爲善者也

案晉人之書或質如法書要錄閣帖所載諸王諸帖及陸雲與兄書或文如趙至與嵇茂齊書辛曠與皇甫謐書孫楚爲石仲容與孫皓書其辯論義理如羅含答孫安國書孫盛與羅君章書戴逵答周居王書王洽與林法同書王謐答桓玄諸書桓玄與慧遠王謐各書是亦漢魏所無

文心雕龍雜文篇曰景純客傲情見而采蔚庾敳客咨意榮而文悴

又云自桓麟七說以下左思七諷以上枝附影從十有餘家或

文麗而義暌或理粹而辭駁

又云自連珠以下擬者間出惟士衡思新文敏而裁章置句廣于舊篇

案晉代雜文傳于今者如夏侯湛抵疑束景玄居釋王沈釋時論曹毗對儒均爲設論（又王該日燭體雖特創亦設論之變體）自是以外騷莫高于九愍（陸雲作）七莫高于七命（張協作）連珠舍士衡所作外傳者鮮矣

文心雕龍諧隱篇曰潘岳醜婦之屬束皙賣餅之類尤而效之蓋以百數魏晉滑稽盛相驅扇

案晉人之文如張敏頭責子羽文陸雲嘲褚常侍魯褒錢神論亦均諧文之屬

文心雕龍史傳篇曰後漢紀傳發源東觀袁張所製偏駁不倫薛謝之作疏謬少信若司馬彪之詳實華嶠之準當則其冠也

袁謂袁弘張謂張璠張瑩謝謂謝承謝沈薛謂薛瑩

又云魏代三雄記傳互出陽秋魏略之屬江表吳錄之倫或激抗難徵或疏闊寡要惟陳壽三志文質辨洽陽秋謂習鑿齒漢晉陽秋非謂孔衍漢魏春秋及孫盛魏氏春秋也魏略謂魚豢魏略江表傳虞溥撰吳錄張勃撰

又云晉代之書繁乎著作陸機肇始而未備王韶續末而不終干寶述紀以審正得序孫盛陽秋以約舉爲能才略篇孫盛干寶文盛爲史與此互見云

又云鄧粲晉紀始立條例又撮略漢魏憲章殷周及安國即孫盛立例乃鄧氏之規

案彥和此篇于晉人所撰史傳舍推崇陳壽三志外其屬于後漢者則崇司馬彪華嶠之書司馬彪撰續漢書起于世祖終于孝獻爲紀志傳八十篇見晉書彪傳華嶠作後漢書爲帝紀十二卷皇后紀二卷十典十卷傳七十卷及三譜序傳目錄凡九十七卷見晉書嶠傳今惟彪書八志存謂勝袁弘著後漢紀謝吳謝承著後漢書百三十卷晉謝沈作後漢書八十五卷及外

傳薛（薛瑩撰後漢紀百卷）張（張瑩撰後漢南紀五十五卷張璠撰後漢紀三十卷）諸作（晉袁山松亦撰後漢書）其屬于晉代者惟舉陸（機撰晉紀四卷史通謂其直敘其事竟不編年）干（寶作晉紀二十卷晉書謂其書簡略直而能婉）鄧（粲撰晉紀十一卷）孫（盛撰晉陽秋三十二卷晉書謂其詞直理正）王（宋王韶之撰晉安紀十卷）五家于王隱（隱撰晉書九十三卷）虞預（預撰晉書四十四卷）朱鳳（鳳撰晉書十四卷）曹嘉之（嘉之作晉紀十卷）之書則略而弗舉是猶論魏吳各史深抑陽秋（習鑿齒撰漢晉陽秋四十七卷）吳錄（張勃作吳錄三十卷）諸書也（晉環紀亦撰吳紀九卷）劉氏史通外篇謂中朝華嶠陳壽陸機束晳江左王隱虞預干寶孫盛並史官之尤美著作之茂撰亦與彥和之說互明故史通一書于晉人所作惟推華嶠（內篇謂班固華嶠子長之流又謂創紀傳者五家推其所長華氏居最）干寶（序例篇謂令升先覺遠紹丘明重立凡例勤成晉紀鄧孫以下遂躡其蹤又謂干寶理切多功）于王隱何法盛孫盛習鑿齒鄧粲均有微詞（書事篇謂王隱何法盛專訪州閭細事委巷瑣言聚而編之採撰篇謂盛述陽秋以芻蕘鄙說列為竹帛正言論贊篇謂孫安國都無可述採習鑿齒時有可觀序例篇謂鄧粲詞煩寡要均其證也）蓋漢魏以降史傳一體均由實

邊華而史才則有高下也史通煩省篇謂魏晉以還煩言彌甚模擬篇謂自魏以前多効二史從晉已降喜學五經又謂編字不隻捶句必雙均足爲晉人史傳定評

文心雕龍諸子篇兩漢以後體勢漫弱雖明乎坦途而類多依採

案晉人所撰子書文體亦異其以繁縟擅長者則有葛洪抱朴子外篇其質實近于魏人者則有傅玄傅子及袁準正論自是以外若陸雲著陸子新書楊泉著物理論杜夷著幽求子華譚孫綽譚作新論綽作孫子蘇彥著有蘇子均著子書然隋唐以下存者僅矣

又案晉人論文之作以陸機之賦爲最先觀其所舉文體惟舉賦詩碑誄銘箴頌論奏說不及傳狀之屬是即文筆之分也又陸雲答兄平原書多論文之作於文章得失詮及細微其于前哲則伯喈仲宣之作多所詮評其于時賢則張華成公綏崔君苗之文並多評騭二陸工文于斯可驗自是以外

其論及文體正變及各體源流者晉人撰作亦多可采如傅玄七謨序連珠序推論二體之起源旁及漢魏作者之得失（均見藝文類聚引）皇甫謐三都賦序（文選）左思三都賦序（文選）衛瓘三都序略解序劉逵蜀都吳都賦注序（並見晉書思傳）推論賦體之起源與漢儒鋪陳之訓宛爲符合（又郭篆文碑銘論今不傳）其著爲一書者則有摯虞文章流別論二卷今羣書所引尚十餘則（見嚴輯全晉文）于詩賦箴銘哀詞頌七雜文之屬溯其起源攷其正變以明古今各體之異同于諸家撰作之得失亦多評品集古今論文之大成又李充翰林論五十四卷今羣書所引亦僅七則（見全晉文）大抵于各體之文均舉佳篇爲式彥和論文多所依據亦評論文學之專書彙而觀之足知晉代名賢于文章各體研覈至精固非後世所能及也

第五課　宋齊梁陳文學概略

中國文學至兩漢魏晉而大盛然斯時文學未嘗別爲一科（故史書亦無文苑傳）故儒生學士莫不工文其以文學特立一科者自劉宋始考之史籍則宋文帝時於儒學玄學史學三館外別立文學館（宋書本紀）使司徒參軍謝元掌之（南史雷次宗傳）明帝立總明觀分儒道文史陰陽爲五部（宋書本紀）此均文學別於衆學之徵也故南史各傳恆以文史文義並詞而文章志諸書亦以當時爲最盛（文章志始於摯虞嗣則傅亮著續文章志宋明帝撰江左文章志沈約作宋世文章志均見隋書經籍志今遺文時見羣書所引）更即簿錄之學言之晉荀勗因魏中經區書目爲四部其丁部之中詩賦圖讚仍與汲冢書並列自齊王儉撰七志始立文翰之名梁阮孝緒撰七錄易稱文集（七錄序云王以詩賦之名不兼餘制故改爲文翰竊以頃世文詞總謂之集變翰爲集於名尤顯故序文集錄爲內篇第四）而文集錄中又區楚辭別集總集雜文爲四部此亦文學別爲一部之證也

今將由宋迄陳文學區爲三期一曰宋代二曰齊梁三曰陳代

甲宋代文學

文心雕龍才略篇宋代逸才辭翰鱗萃

文心雕龍通變篇宋初訛而新

宋書謝靈運傳論爰逮宋氏顏謝騰聲靈運之興會飈舉延年之體裁明密並方軌前秀垂範後昆

文心雕龍時序篇自宋武愛文文帝彬雅秉文之德孝武多才英采雲搆自明帝以下文理替矣爾其縉紳之林霞蔚而飈起王袁聯宗以龍章顏謝重葉以鳳采何范張沈之徒亦不可勝數也

齊書文學傳論曰顏謝並起乃各擅奇休鮑後出咸亦標世朱藍共研不相祖述餘見前課

案宋代文學之盛寔由在上者之提倡南史臨川王義慶傳謂文帝好文章自謂人莫能及南史孝武紀謂帝少讀書七行俱下才藻甚美齊書王儉傳亦謂宋武帝好文章天下悉以文采相尚又宋書明帝紀亦謂帝愛文義裴子野雕蟲論謂帝才思朗捷撰江左以來文章志均其證也前廢帝紀亦謂帝頗有文才自造孝武誄及雜篇章往往有辭采故一時宗室自南平王休鑠外宋書鑠傳有文才未弱冠擬古三十餘首時人以爲跡亞陸機若建平王弘廬陵王義眞江夏王義恭等並愛文義見宋書及南史本傳又據宋書臨川王義慶傳謂其愛好文義才學之士遠近必至袁淑文冠當時引爲衞軍諮議其餘吳郡陸展東海何長瑞鮑照等並有辭章之美引爲佐吏國臣其始興王濬傳亦謂濬好文籍與建平王弘侍中王僧綽中書郎蔡興宗等並以文義往復又建平王景素弘之子傳云景素好文章招集才義之士以收名譽此均宋代文學興盛之由也

又案晉宋之際若謝混陶潛湯惠休之詩均自成派至于宋代其詩文尤爲當時所重者則爲顏延之謝靈運宋書靈運傳云文章之美與顏延之爲江左第一縱橫俊發過于延之深密則不如也所著文章傳于世又南史延之傳云字延年文章冠絕當時又云延之與謝靈運俱以辭采齊名而遲速懸絕延之嘗問鮑照己與靈運優劣照曰謝五言如初發芙蓉自然可愛君詩若鋪錦列繡亦雕繢滿眼斯時議者以延之靈運自潘岳陸機之後文士莫及江右稱潘陸江左稱顏謝焉顏謝而外文人輩出案晉宋之際人才最盛然當時人士如孔淳之臧燾雷次宗徐廣裴松之均通經史宗少文周續之戴顒綜達儒玄不僅以文章著以傅亮宋書顏延之傳傅亮自以文義一時莫及又宋書亮傳字季友博涉經史尤善文辭武帝受命表策文誥皆亮辭也范曄宋書范泰傳好爲文章文集傳於世子曄字蔚宗善爲文章爲後漢書其與甥姪書謂諸序論不減過秦非但不愧班氏贊無一字空設奇變不窮袁淑宋書淑傳字陽源文采遒逸縱橫有才辯文集傳於世子覬好學美才又南史臨川王義慶傳亦謂太尉袁淑文冠當時謝瞻宋書瞻傳字宣遠六歲能屬文文章之美與從叔琨族弟靈運相抗又謝密傳云瞻等才詞辯富謝惠連宋書惠連傳十歲能屬文靈運見其新文每嘆曰張華重生不能易也文章並行於世謝莊宋書莊傳字希逸七歲能屬文袁淑嘆曰江東無我卿當獨步著文章四百餘首行於世又殷淑儀傳謂謝莊作哀策文奏之帝流涕曰不謂當今復有

此才都下傳寫紙墨爲之貴鮑照南史臨川王義慶傳云照字明遠文辭贍逸嘗爲古樂府文甚遒麗元嘉中爲河清頌其敘甚工史通人物篇亦謂鮑照文學宗府馳名海內方之漢代褒朔之流爲尤工謝莊鮑照詩文尤爲後世所祖述次則傳亮諸人若陸展何長瑜宋書謝靈運傳東海何長瑜才亞惠連何承天南史承天傳所纂文及文集並傳於世何尚之宋書尚之傳愛尚文義老而不休沈懷文宋書懷文傳少好玄理善爲文集傳於世弟懷遠頗嫻文筆王誕宋書誕傳少有才藻王僧達宋書本傳云少好學善屬文王微宋書微傳字景玄少善屬文爲文多古言所著文集傳於世張敷宋書敷傳好讀玄言兼屬文論王韶之王淮之宋書韶之傳博學有文辭宋武帝使領西省事凡諸詔皆其詞也又云宋廟歌詞韶之所制也文集行於世又王淮之傳云贍於文詞殷淳殷沖殷淡宋書淳傳愛好文義未嘗違捨弟沖有學義文辭沖弟淡大名世以文章見知江智深宋書本傳愛好文雅辭采清贍顏竣顏測南史顏延之傳延之曰竣得臣筆測得臣文釋慧琳南史顏延之傳時沙門釋慧琳以才學爲文帝所賞亦其次也

又案宋代臣僚若謝晦宋書本傳稱晦涉獵文義時人以方楊德祖蔡興宗宋書本傳文集傳於世張永宋書本傳能爲文章江湛宋書湛傳愛文義孔琳之宋書琳之傳少好文義

蕭惠開宋書本傳云涉獵文史袁粲宋書本傳有清才著妙德先生傳劉勔宋書本傳兼好文義

亦有文學自是而外別有鮑令暉工詩荀伯子宋書本傳少好學文集傳世孔寧之宋書王華傳會稽孔寧之爲文帝參軍以文義見賞謝恂宋書恂傳少與族兄莊齊名荀雍羊璿之宋書謝靈運傳與族弟惠連東海何長瑜潁川荀雍太山羊璿之以文章賞會長瑜才亞惠連雍璿之不及也蘇寶南史王僧達傳時有蘇寶者生本寒門有文義之美王曇生宋書王弘之傳子曇生好文義顧愿宋書顧覬之傳弟子愿好學有才詞江邃之南史江秉之傳宗人邃之有文義撰文釋傳於世袁炳齊書王智深傳陳郡袁炳有文學爲袁粲所知卞鑠南史文學傳鑠爲袁粲主簿好詩賦吳邁遠南史文學傳邁遠好爲篇章王素南史素傳著蚿賦自況諸人又南史宋武穆裴皇后傳婦人吳郡韓蘭英有文辭宋孝武時獻中興賦附誌於此此可證宋代文學之盛矣

乙齊梁文學

文心雕龍時序篇暨皇齊馭寶運集休明太祖以聖武膺籙高祖即武帝以睿文纂業文帝即文惠太子以貳離含章中宗即明帝以上哲興運並文明自天緝熙景祚今聖曆方興文思充被海岳降

神才英秀發馭飛龍於天衢駕騏驥於萬里經典禮章跨周轢漢唐虞之文其鼎盛乎

南史文學傳序云自中原沸騰五馬南渡綴文之士無乏於時降及梁朝其流彌甚蓋由時主儒雅篤好文章故才秀之士煥乎俱集

梁書文學傳序曰高祖旁求儒雅文學之盛煥乎俱集其在位者則沈約江淹任昉並以文采妙絕當時若彭城到溉吳興邱遲東海王僧孺吳郡張率等皆後來之秀也又隋書文學傳序云太和天保之間洛陽江左文學尤盛於時作者江淹任昉沈約溫子昇邢子才魏伯起等並學窮書圃思極人文英華秀發波瀾浩蕩亦與此序互明

南史梁武帝本紀論曰自江左以來年踰二百文物之盛獨美於茲魏徵梁論亦論魏晉以來未有若斯之盛

文心雕龍明詩篇儷采百字之偶爭價一句之奇情必極貌以

寫物辭必窮力而追新此近世之所競也江淹雜擬詩自序曰五言之興諒非變古但關西鄴下既以罕同河外江南頗為異語亦齊梁之詩與古不同之證

文心雕龍通變篇今才穎之士刻意學文多略漢篇師範宋集雖古今備閱亦近附而遠疏矣情采篇所云後之作者採濫忽眞遠棄風雅近師詞賦故體情之製日疏逐文之篇愈甚亦兼晐魏晉宋及齊言

文心雕龍指瑕篇近代詞人率多猜忌至乃比語求蚩反音取瑕

文心雕龍總術篇凡精慮造文各競新麗多欲練辭莫肯研術即風骨篇所謂文術多門明者弗授學者弗師習華隨侈流連忘反也

齊書張融傳融為問律自序曰中代之文道體闕變尺寸相資彌縫舊物又謂文豈有常體但以有體為常

齊書文學傳論今之文章作者雖衆總而為論略有三體一則啓心閑繹托辭華曠雖存巧綺終致迂回宜登公宴未為準的

而踈慢闡緩膏肓之病典正可採酷不入情此體之源出靈運而成也次則緝事比類非對不發博物可嘉職成拘制或全借古語用申今情崎嶇牽引直爲偶說唯覩事例頓失精采此則傅咸五經應璩指事雖不全似可以類從次則發唱驚挺操調險急雕藻淫豔傾炫心魂亦猶五色之有紅紫八音之有鄭衛斯鮑照之遺烈也三體之外請試妄談若夫委自天機參之史傳應思悱來勿先構聚言尚易了文憎過意吐石含金滋潤婉切雜以風謠輕脣利吻不雅不俗獨中胸懷輪扁斲輪言之未盡文人談士罕或兼工非唯識有不周道實相妨談家所習理勝其辭就此求文終然翳奪故兼之者鮮矣

梁簡文帝與湘東王書比見京師文體儒鈍殊常競學浮踈爭爲闡緩玄冬脩夜思所不得既殊比興正背風騷若夫六典三禮所施則有地吉凶嘉賓用之則有所未聞吟詠情性反擬內

則之篇操筆寫志更摹酒誥之作遲遲春日翻學歸藏湛湛江水遂同大傳吾既拙於爲文不敢輕有掎摭但以當世之作歷方古之才人遠則楊馬曹王近則潘陸顏謝而觀其遺辭用心了不相似若以今文爲是則古文爲非若昔賢可稱則今體宜棄俱爲盍各則未之敢許又時有效謝康樂裴鴻臚文者亦頗有惑焉何者謝客吐言天拔出於自然時有不拘是其糟粕裴氏乃是良史之才了無篇什之美是爲學謝則不屆其精華但得其冗長師裴則蔑絕其所長惟得其所短謝故巧不可階裴亦質不宜慕故胸馳臆斷之侶好名忘實之類方分肉於仁獸逞卻步於邯鄲入鮑忘臭効尤致禍決羽謝生豈三千之可及伏膺裴氏懼兩唐之不傳故玉徽金銑反爲拙目所嗤巴人下里更合郢中之聽陽春高而不和妙聲絕而不尋竟不精討錙銖覈量文質有異巧心終愧姸手是以握瑜懷玉之士瞻鄭邦

而知退章甫翠履之人望閭鄉而歎息詩既若此筆又如之徒以煙墨不言受其驅染紙札無情任其搖襞甚矣哉文之橫流一至於此（裴鴻臚即裴子野）

姚鉉唐文粹自序曰至於魏晉文風下衰宋齊以降益以滋薄然其間鼓曹劉之氣燄聳潘陸之風格舒顏謝之清麗藹何劉之婉雅雖風興或缺而篇翰可觀（案鉉說簡約故附錄於此）

案齊梁文學之盛雖承晉宋之緒餘亦由在上者之提倡據齊書高帝紀謂帝博學善屬文（南史本紀謂帝所著文詔中書侍郎江淹撰次之）故高帝諸子若鄱陽王鏘好文章江夏王鋒能屬文並見齊書南史非惟豫章王嶷工表啓武陵王曅工詩已也（齊書曅傳好文章與諸王共作短句詩學謝靈運體）嗣則文惠太子竟陵王子良（南史太子傳云文武士多所招集虞炎范岫周顒袁廓並以學行才能應對左右梁書范岫傳云文惠在東宮沈約之徒以文才見引又齊書子良傳云禮才好士天下才學皆游集焉士子文章及朝貴辭翰皆發敎撰錄所著內外文筆數十卷又梁書武帝紀謂齊竟陵王

開西邸招文學帝與沈約謝朓王融蕭琛范雲任昉陸倕並游號曰八友沈約范雲各傳並同又南史劉繪傳云永明末都下人士盛為文章談義皆湊竟陵西邸又王僧孺傳云子良開西邸招文學僧孺與廣義邸國賓蕭文琰邱令楷江洪劉季孫並以善辭藻游焉衡陽王鈞南史鈞傳善屬文與琅琊王智深以文章相會齊陽江淹亦游焉隨王子隆齊書子隆傳有文才武帝以為我家東阿文集行於世又謝朓傳云為子隆鎮西文學子隆好辭賦朓尤被賞均愛好文學招集文士又開國之初王儉之倫亦以文章提倡詳任昉王文憲集序及齊書各傳故宗室多才梁書蕭幾傳十歲能屬文十五撰揚公則誄子為亦有文才又齊書蕭穎胄傳云好文義均其證也而庶姓之中亦人文蔚起梁承齊緒武帝尤崇文學南史本紀謂帝博學多通及登寶位躬製贊序詔誥銘誄箴頌箋奏諸文百二十卷又文學傳序云武帝每所臨幸輒命羣臣賦詩其文之善者賜以金帛是以縉紳之士咸知自勵又袁峻傳武帝雅好詞賦詩獻文章於南闕者相望焉王筠傳亦云敕撰中書表奏三十卷及所上賦頌都為一集嗣則昭明太子簡文帝元帝並以文學著聞梁書昭明太子傳每游宴祖道賦詩至十數韻或作劇韻皆屬思便成所著文集三十卷又撰古今典誥文言為正序十卷五言詩之善者為英華集二十卷文選三十卷又南史簡文紀謂帝六歲能文及長辭藻艷發雅好賦詩其自序云七歲有詩長而不倦所著文集一百卷行世又元帝紀

謂帝天才英發出言爲論軍書羽檄文章詔誥點毫便就著詞林三卷文集五十卷世子方等有後才撰三十國春秋

而昭明簡文均以文章爲天下倡 梁書昭明傳引納才學之士賞愛無倦或與學士商榷古今繼以文章著述於時名才並集文學之盛晉宋以來所未有也又王錫傳云武帝敕錫與張纘入宮與太子游宴又敕陸倕張率謝舉王規王筠劉孝綽到洽張緬爲學士十人劉孝綽傳云昭明好士愛人孝綽與殷芸陸倕王筠到洽等同見賓禮此昭明重文之證又南史簡文紀云及居監撫弘納文學之士庾肩吾傳云簡文開文德省置學士肩吾子信徐摛子陵吳郎張長公北地傳弘東海鮑至等充其選此簡文重文士之徵 此即南史梁紀所謂文物之盛獨美於茲也 雕龍所云唐虞之文其鼎盛乎亦與南史之說相合 故武帝諸子能文者有豫章王綜 梁書綜傳有才學善屬文 邵陵王綸 梁書綸傳博學善屬文尤工尺牘 武陵王紀 梁書紀傳有文才 其諸孫能文者有後梁主詧 周書詧傳善屬文所著文集十五卷子世宗歸有文學文集行世後主琮博學有文義 南康王會理安樂侯義理 並南康王績子梁書會理傳少好文史弟義理有文嘗祭孔子文舉墓並爲立碑製文甚美 尋陽王大心南郡王大連樂良王大圜 並簡文子梁書大心大連傳並云能屬文子周書大圜傳有文集 其宗室能文者則有長沙王業 梁書業傳文集行於世子孝儼獻相風烏華光殿景陽山

等頌其文甚美綵南安侯駿工文章**安成王秀**南史秀傳精意學術子機所著詩賦數千言元帝集而序之機弟推好屬文深爲簡文所親賞**南平王偉**梁書偉傳製性情幾神等論**鄱陽王範**南史範傳招集文才率意題章時有奇致弟諮十一能屬文**上黃侯曄**南史曄傳獻儲德頌**而安成南平二王尤好文士**南史秀傳尤好人物招劉孝標使撰類苑當時高才游王門者東海王僧孺吳郡陸倕彭城劉孝綽河東裴子野又偉傳云四方游士當時知名者莫不畢至**任昉之流亦爲當時文士所歸**南史陸倕傳云昉爲中丞預其宴者殷芸到溉劉苞劉孺劉顯劉孝綽及陸倕而已號曰龍門聚南史到溉傳任昉爲御史中丞後進皆宗之時有彭城劉孝綽劉苞劉孺吳郡陸倕張率陳郡殷芸沛國劉顯及溉洽車軌日至號曰蘭台聚昉傳亦謂昉好交結獎進士友**此亦梁代文學興盛之由也**

又案宋齊之際亦中古文學興盛之時齊初臣僚如褚淵王僧虔齊書僧虔傳與袁淑謝莊善淑嘆爲文情鴻麗**之流雖精文學**又齊書崔元祖傳云善屬文沈文季傳云愛好文章亦其證**然集其大成者惟王儉**齊書儉傳字仲寶甚閑辭翰大典將行禮儀詔策皆出於儉又云手筆典裁爲當時所重文集行於世任昉有王文憲集序**自嗣而降文士輩出**據齊書各傳如劉繪諸人均以文義擅盛一時周顒諸人尤精談議不僅以文學名至若臧榮緒沈驎士陸澄劉瓛

劉璡明僧紹劉虬關康之諸人兼通經業所長不僅文章然齊書瓛等各傳並云有文集行世嗣則崔慰祖賈希鏡祖沖之亦不僅以文章名其兼工詩文者厥唯王融齊書融傳字元長博涉有文才武帝使爲曲水詩序當時稱之文辭捷速有所造授筆立就又云融文行於世又南史任昉傳王融有才儁自謂無對謝朓南史朓傳字玄暉文章清麗長五言詩沈約常云二百年來無此詩也敬皇后遷祔山陵朓撰哀策文齊世莫有及者鍾氏詩品亦謂朓奇章秀句往往警遒足使叔源失步明遠變色齊梁之際則沈約范雲江淹邱遲並工詩文南史約傳字休文善屬文時謝玄暉善爲詩任彥昇工於筆約兼而有之然不能過著文章志三十卷文集一百卷又范雲傳字彥龍善屬文下筆輒成有集三十卷又江淹傳字文通留情文章齊高帝讓九錫及諸章表皆淹製也少以文章顯晚節才思微退凡所著述自撰爲前後集又邱遲傳字希範八歲屬文辭采麗逸勸進梁王及殊禮皆遲文也帝作連珠詔羣臣繼作者數十人遲文最美又據鍾嶸詩品謂休文五言最優辭密於范意淺於江又謂范雲婉轉清便如流風回雪邱遲點綴映媚似落花依草任昉尤長載筆南史昉傳字彥升八歲能屬文王儉每見其文以爲當時無輩王融見其文悅然自失又云昉尤長載筆頗慕傳亮才思無窮當時王公表奏莫不請焉起草即成沈約深所推挹梁臺建禪讓文誥多昉所具所著文章數十萬言盛行於世王僧孺謂過董生楊子嗣則劉孝綽梁書孝綽傳七歲能屬文王融深賞異之任昉尤相賞好梁武覽其文篇篇稱賞由是朝野改觀又

云孝綽辭藻爲後進所宗時重其文每作一篇朝成暮徧好事者咸傳誦寫流聞河朔亭苑掛壁莫不題之文集數十萬言行於世子諒有文才劉峻梁書峻傳字孝標文藻秀出爲山栖志文甚美裴子野梁書子野傳字幾原善屬文武帝諸符檄皆令具草又云爲文典而速不尙靡麗制多法古與今文體異當時或有詆訶者及其末翕然重之文集二十卷行於世王筠梁書筠傳字元禮七歲能屬文十四爲芍藥賦其辭甚美又能用强韵每公宴並作辭必研靡沈約謂王志曰賢弟子文章之美可謂後來獨步自撰文章以一官爲一集凡百卷行於世陸倕南史陸慧曉傳三子僚任倕並有美名時人謂之三陸倕字佐公善屬文武帝雅愛倕文敕撰新漏刻銘石闕銘其詩文均爲當時所法其尤以詩名者則柳惲吳均南史柳惲傳字文暢著述先頌文甚哀麗少工篇什王融見而嗟賞和武帝登景陽樓篇深見賞美當時咸相稱傳又吳均傳字叔庠有俊才沈約見均文頗相稱賞柳惲爲吳興引與賦詩均文體清拔有古氣好事者或效之謂爲吳均體著文集廿卷何遜梁書遜傳字仲言八歲能賦詩范雲稱爲含清濁中古今梁元帝論之云詩多而能者沈約少而能者謝朓何遜文八卷是也又案宋齊之際有邱靈鞠檀超邱巨源南史文學傳邱靈鞠善屬文宋時文名甚盛著江左文章錄文集行世檀超少好文學邱巨源有筆翰張融齊書融傳字思光至交州作海賦文辭詭激獨與衆異爲問律自序曰吾文章之體多爲世人所驚又戒其子曰吾文體屢變變而屢奇文集數十卷行世又謝超

宗南史謝超宗有文辭宋殷淑儀卒作誄奏之帝大嗟賞齊撰郊廟歌作者十八超宗辭獨見用孔珪齊書珪傳
好文詠高帝使與江淹對掌辭筆卞彬南史文學傳卞彬險拔有才著蚤蝨等賦文章傳於閭巷顧歡南史
歡傳字景怡六七歲作黃雀賦善於著論作正名論華夏論梁武帝詔歡諸子撰歡文議三十卷均以文學
擅名若虞愿南史愿傳撰會稽記文翰數十篇蘇侃南史侃傳載所作寒客吟江斅齊書本傳
斅好文辭袁彖南史彖傳善屬文及談玄劉祥南史祥傳少好文學著連珠十五首寄懷謝顥謝瀹
南史謝莊傳子顥守豫章宛官詣齊高帝自占謝言辭清麗弟瀹齊帝起禪靈寺敕為碑文王僧佑南史本傳
齊孝武時獻講武賦王摛南史摛傳王儉示以隸事操筆便成文章既異辭亦華美檀道鸞南史檀超傳叔
父道鸞有文學亦其次也齊則陸厥梁書厥傳字韓卿善文章文集行於世虞炎齊書陸厥
傳會稽虞炎永明中以文學與沈約俱為文惠太子所遇王智深齊書智深傳字雲才少从謝超宗學屬文成宋
書三十卷虞羲文選注引虞羲集序羲字子陽七歲能屬文並以文著若孔廣孔逭南史
文學傳會稽孔廣孔逭皆才學知名逭有才藻製東都賦於時才士稱之諸葛勗南史文學傳琅琊諸葛勗作雲
中賦袁嘏高爽南史文學傳又有陳郡袁嘏自重其文廣陵高爽博學多才作鑊魚賦其才甚工庾銑
齊書王智深傳穎川庾銑善屬文見賞豫章王孔顥齊書謝朓傳會稽孔顥粗有才筆王斌南史陸厥

傳時有王斌者初爲道人雅有才辯善屬文邱國賓邱令楷蕭文琰江洪並見南史王僧孺傳吳均傳亦謂洪工屬文亦其次也齊梁之際則王僧孺梁書王僧孺傳工屬文多識古事其文麗逸多用新事人所未見者時重其富博文集三十卷蕭子恪蕭子範蕭子顯蕭子雲南史子恪傳字景沖十二和竟陵王高松賦王儉見而奇之頗屬文隨棄其本故不傳文集弟子範字景則南平王使製千字文其詞甚美府中文筆皆使具艸簡文葬后使製哀策文理哀切前後文集三十卷子顯字景陽工屬文著鴻序賦沈約稱爲幽通之流啓撰齊書武帝雅愛其才嘗爲自序略謂頗好辭藻屢上詞頌每有製作特廣思功須其自來不以力構文集二十卷子雲字景喬勤學有文藻弱冠撰晉書陶弘景南史陶弘景字通明著學葩等書案今弘景傳集二卷江革梁書革傳字休陽六歲解屬文王融謝朓雅相敬重竟陵王引爲西邸學士有集二十卷行世徐勉梁書勉傳六歲率爾爲文見稱耆宿長好學善屬文凡所作前後二集五十卷范縝南史縝傳字子直作傷暮詩神滅論文集十五卷周捨南史捨傳字昇逸博學精義理文二十卷王巾文選注引姓氏英賢錄巾字簡栖爲頭陀寺碑文詞巧麗爲世所重柳惔梁書惔傳字文通工製文尤曉音律齊武帝稱其屬文遒麗著仁政傳及諸詩賦袁峻南史峻傳字孝高工文辭擬揚雄官箴奏之奉敕與陸倕各製新闕銘鍾嶸南史嶸傳字仲偉與兄岏並好學衡陽王令作瑞室頌辭甚典麗又云嶸品古今詩劉勰南史勰傳字彥和撰文心雕龍

五十篇論古今文體爲文長於佛理都下寺塔及名僧碑誌必請製文謝朏南史朏傳字敬沖謝莊子十歲能屬
文武帝問王儉當今誰能爲五言儉曰朏得父膏腴江淹有意文章行於世劉苞劉孺劉遵南史劉苞
傳字孟嘗少能屬文受詔詠天泉池荷及采菱調下筆即成又劉孺傳字孝幼七歲能屬文沈約與賦詩大爲嗟賞少好
文章性又敏速受詔爲李賦文不加點文集二十卷弟遵工屬文皇太子令稱爲辭章博贍玄黃成采劉昭梁書
昭傳字宣卿善屬文江淹早相稱賞集注後漢百八十卷文集十卷周興嗣梁書興嗣傳字思纂善屬文天監初
獻休平賦文甚美武帝敕與陸倕各製光宅寺碑帝用興嗣所製自是銅表銘柵塘碣北伐檄次韻王羲之書千字並使
興嗣爲文文集十卷王籍南史籍傳字文海爲詩慕謝靈運至其合也殆無愧色湘東王集其文爲十卷並工
文章案齊梁之際若伏曼容何佟之賀瑒傳昭何點何胤劉題阮孝緒均博於學術張緒張充明山賓庾銑兼綜儒
玄不僅以文學名然其文亦均可觀若范岫南史岫傳文集行世裴邃梁書邃傳十歲能屬文袁昂
南史昂傳有集三十卷謝幾卿南史謝超宗傳子幾卿博學有文才文集行於世王泰南史泰傳每預
朝宴刻燭賦詩文不加點孔休源南史休源傳與王融友善爲竟陵王西邸學士凡奏議彈文勤成十五卷王
彬南史彬傳好文章齊武帝起舊宮彬獻賦文辭典麗顧憲之南史本傳所著詩賦銘贊並衡陽記數十篇
沈顗南史本傳著文章數十篇諸葛璩南史璩傳所著文章二十卷門人劉曒集而錄之范述曾

南史述曾傳著雜詩賦數十篇之流亦其次也梁則劉潛南史潛傳字孝儀工屬文敕製雍州平等寺金像碑文甚弘麗文集二十卷行世弟孝威大同中上白雀頌甚美伏挺南史挺傳長有才思爲五言詩善效謝康樂體任昉深加嘆異文集二十卷謝藺南史藺傳字希如獻甘露頌武帝嘉之使製蕭懿德政碑宣城王奉述中庸頌所製詩賦碑銘數十篇蕭洽梁書洽傳博涉善屬文敕撰當塗廟碑辭甚贍麗文集二十卷行於世劉之遴梁書之遴傳字思貞八歲能屬文沈約任昉異之前後文集五十卷劉杳梁書杳傳字士深博綜羣書沈約歎美其文著林庭賦王僧孺嘆曰郊居以後無復此作文集十五卷張率梁書率傳字士簡十二能屬文日限爲詩一篇稍進作賦頌武帝謂兼馬枚工速自少屬文七略及藝文志所載詩賦今無其文者並補作之所著文衡十五卷集四十卷陸雲公梁書雲公傳字士龍有才思製太伯廟碑張纘嘆爲今之蔡伯喈文集行世謝微梁書微傳字玄度善屬文於武德殿賦詩三十韻二刻便成又爲臨汝侯製放生文亦見賞於世文集二十卷蕭琛梁書琛傳字彥瑜有才辯撰諸文集數十萬言又二子密博學有文詞謝覽謝舉梁書覽傳字景滌與王陳爲詩贈答其文甚工弟舉字言揚年十四贈沈約詩爲約所賞文集二十卷王規梁書規傳字威明獻太極新殿賦其詞甚工於文德殿賦詩五十字援筆立奏其文又美文集二十卷到沆到溉到洽梁書沆傳字茂瀣善屬文武帝命爲詩二百字三刻便成其文甚美所著詩賦百餘篇溉字茂灌善於應答有集二十卷洽字

茂沿有才學謝朓深相賞好梁武使與蕭琛任昉賦二十韵詩以沿辭爲工奏敕撰太學碑文集行世

張緬 **張纘** 梁書緬傳字元長抄江左集未及成文集五卷弟纘字伯緒好學爲湘州刺史作南征賦文集二十卷

徐摛 梁書摛傳字士秀屬文好爲新變不拘舊體爲太子家令文體既別春坊盡學之

徐悱 **徐緄** 梁書緄傳爲湘東王參軍辯於辭令文冠一府特有輕豔之才新聲巧變人多諷習又徐勉傳云子悱字敬業聰敏能屬文悱妻劉孝綽妹文尤清拔

何思澄 南史思澄傳字元靜少工文爲游廬山詩沈約大相稱賞自謂弗逮傳昭請製釋奠詩辭文典麗文集十五卷又云思澄與宗人遜及子朗俱擅文名子朗早有才思嘗爲敗家賦文甚工行於世

任孝恭 南史孝恭傳有才學勅製建陵寺剎下銘又啓撰武帝集序文並富麗自是專掌公家筆翰孝恭爲文敏速若不留思每奏稱善文集行于世

紀少瑜 南史少瑜傳字幼瑒十三能屬文王僧孺見而賞之曰此子才藻秀拔方有高名

庾肩吾 南史肩吾傳字慎之八歲能賦詩辭采甚美

劉瑴 南史瑴字仲寶善辭翰隨湘東王在蕃當時文檄皆其所爲

顏協 南史協傳字子和文集二十卷遇火湮滅

鮑泉 南史泉傳字潤岳兼有文筆元帝謂我文之外無出卿者

蔡大寶 周書大寶傳善屬文文詞贍速詹章表書記敎令冊詔並大寶專掌之著文集三十卷

並擅文詞 梁代士人無不工文而文人亦均博學故有文名爲學所掩者如賀琛殷芸嚴植之崔靈思沈峻孔子袪皇侃之流是也然覽其遺文均有可觀又以南史各傳考之如顧協傳文集十卷行於世朱異傳文集百餘篇許懋

傳有集十五卷司馬褧傳庾肩吾集其文爲十卷協等諸人亦不僅以文章著若蕭子暉蕭滂蕭確南史蕭子雲弟子暉有文才又云子範子滂確並有文才又云子顯子序愷簡文與湘東王令稱爲才子蕭序愷南史蕭同傳弟賁有文才蕭賁梁書介傳武帝置酒賦詩介染翰便成文不加點蕭介南史嚴傳幼作屯游賦七章辭並典麗文集十卷臧嚴南史僑傳集十卷謝僑南史承傳以文學相尙弟訓文章爲後進領袖王承王訓南史本傳文集二十卷行於世庾仲容南史蒨傳文集十五卷江蒨南史祿傳有文章江祿南史殼傳善辭翰劉殼南史沼傳善屬文劉沼南史霽傳文集十卷劉霽南史歊傳博學有文才著篤終論劉歊南史罩傳善屬文撰簡文帝集序陸罩南史何遜傳從叔僩亦以才著聞著拍張賦何僩南史何遜傳時有會稽虞騫工爲五言詩名與遜埒又有會稽孔翁歸工爲詩濟陽江避博學有思理並有文集虞騫孔翁歸江避梁書研傳膺傳並云有才辨以文達羅研李膺梁書張纘傳吳興吳規頗有才學邵陵王深相禮遇吳規南史何思澄傳大原王子雲江夏費昶並爲閭里才子昶善樂府又作鼓吹曲武帝重之子雲嘗爲自弔文甚美王子雲費昶南史子一傳辭賦文章數十篇行於世江子一南史本傳能屬文劉慧斐南史庾銑傳子曼倩所著文章凡九十五章庾曼倩梁書傳昭傳子準有文才傅準南史江德藻傳弟從簡少有文情江從簡南史僑傳集十卷謝僑鮑

行卿南史鮑泉傳時有鮑行卿好韵語上王璧銘武帝發詔褒賞集二十卷甄玄成岑善方傅准蕭欣柳信言范迪沈君游准後梁臣周書云玄成善屬文有文集二十卷善方善辭令著文集十卷准有文才善詞賦文集二十卷欣善屬文與柳信言俱爲一代文宗有集二十卷迪善屬文有文集十卷君游有詞采有文集十卷亦其次也齊梁文學之盛即此可窺

丙 陳代文學

陳書文學傳云後主雅尚文詞傍求學藝煥乎俱集每臣下表疏及上賦頌者躬自省覽其有辭工則神筆賞激加其爵位是以縉紳之徒咸知自勵矣

南史文學傳序至有陳受命運接亂離雖加獎勵而向時之風流息矣豈金陵之數將終三百年乎不然何至是也案此說與陳書相反

今以陳書各紀傳考之則此說實非蓋陳之文學雖不及梁代之盛然風流固未嘗歇絕也

案陳代開國之初承梁季之亂文學漸衰然世祖以來漸崇文學據南史世祖紀及陳書世祖紀論並謂崇尚儒術愛悅文義後主在東宮汲引文士

如恐不及（陳書姚察傳：補東宮學士，于時江總、顧野王、陸瓊、陸瑜、褚玠、傅縡等，皆以才學之美，晨夕娛侍。）及踐帝位，尤尚文章（陳書後主紀論云：待詔之徒，爭趨金馬，稽古之秀，雲集石渠，是其證也。）故后妃宗室莫不競爲文詞（陳書後主沈皇后傳：涉獵經史，後主薨，自爲哀詞，文甚酸切。陳書又謂後主以宮人有文學者爲女學士。又謂高宗子岳陽王叔慎，後主子吳興王胤，皆能屬文。是時後主尤愛文章，叔慎與衡陽王伯信、新蔡王伯齊等，每屬詔賦詩，恒被嗟賞。）又開國功臣如侯安都、孫瑒、徐敬成均結納文士（陳書侯安都傳：爲五言詩，頗清靡，招聚文士褚介、馬樞、陰鏗、張正見、徐伯陽、劉珊、祖孫登，或命以詩賦，第其高下。孫瑒傳：嘗於山齋集玄儒之士。徐敬成傳：結交文義之士。）而李爽之流以文會友，極一時之選，故文學復昌，迄於亡國（南史徐伯陽傳：太建初，與李爽、張見正、賀徹、阮卓、蕭詮、王由禮、馬樞、祖孫登、賀循、劉珊等爲文會友，後有蔡凝、劉助、陳暄、孔範亦與焉，皆一時士也。游宴賦詩，動成卷軸，伯陽爲其集序，盛傳於世。）然斯時文士首推徐陵（陳書陵傳：字孝穆，子八歲能屬文，自有陳創業，文檄軍書及禪授詔策，皆徐陵所製，而九錫尤美，爲一代文宗。世祖、高宗之世，國家有大手筆，皆陵草之。其文頗變舊體，緝裁巧密，多有新意，每一文出手，好事者已傳寫成誦，遂被之華夷，家藏其本，存者三十卷。弟孝克亦善屬文，而文不逮。子儀、儉，梁元帝歎賞其詩，以爲徐氏子復有文。儉弟份，九歲爲夢賦，陵謂吾幼屬文亦不加此。）沈炯（陳書炯傳字禮明少有雋才王僧辯羽檄軍書皆出于炯上表江陵勸進其文甚工當時莫逮爲西魏所虜魏人愛其文才嘗經行漢武通天臺爲表奏陳思歸之意尋獲東歸文帝重其文有集二十卷行世南史亦曰沈炯才思之美足以繼踵前良

次則顧野王陳書野王傳字希馮九歲能屬文嘗製日賦朱异見而奇之以篤學知之著玉篇輿地志等及文集二十卷

江總陳書總傳字總持篤學有辭采梁武覽總詩深降嗟賞張纘等深相推重又云總能屬文於五言七言尤善然傷於浮豔文集三十卷行世子溢頗有文詞

傅縡陳書縡傳字宜事能屬文爲文典麗性又敏速雖軍國大事下筆輒成未嘗起草沈思者亦無以加有集十卷

姚察陳書察傳字伯審十二能屬文後主時勅專知優冊謚議等文筆每有製述多用新奇人所未見咸重富博所撰寺塔及衆僧文章特爲綺密所著漢書訓纂等及文集二十卷行世

陸瓊陳書瓊傳字伯玉雲公子六歲爲五言詩頗有詞采長善屬文後主即位掌詔誥有集二十卷子從典八歲擬沈約回文硯銘便有佳致十三爲柳賦其詞甚美

陸琰陸瑜陳書琰傳字溫玉瓊從父弟世祖使製刀銘援筆即成所製文筆多不存後主求其遺文撰成二卷弟瑜字幹玉美詞藻太建二年命爲太子釋奠詩序文甚贍麗有集十卷瑜從父兄玠字潤玉能屬文有集十卷從父弟琛字潔玉十八上善政頌頗有詞采

並以文著若沈不害陳書不害傳字孝和治經術善屬文每製文操筆立成曾無尋檢文集十四卷

孔奐陳書奐傳字休文善屬文王僧辯爲揚州牘表書翰皆出於奐有集十五卷彈文四卷

徐伯陽陳書伯陽傳字

隱忍年十五以文筆稱侯安都令爲謝表文帝見而奇之又爲辟雍頌甚見嘉賞毛喜陳書喜傳字伯武高宗爲驃騎府朝文翰皆喜詞也有集十卷趙知禮陳書知禮傳字齊旦爲文贍速每占授軍書下筆便就高祖上表元帝及與王僧辯論述軍事其文並知禮所製蔡景歷陳書景歷傳字茂世好學善尺牘高祖鎭朱方以書要之景歷對使答書筆不停輟將討王僧辯艸檄立成辭義感激又云景歷屬文不尙雕磨而長於敘事應機敏速爲當時所稱有文集二十卷子徵聰敏才贍劉師知陳書師知傳工文筆善儀體屢掌詔誥杜之偉陳書之偉傳字子大幼有逸才徐勉見其文重其有筆力又云之偉爲文不尙浮華而溫雅博贍所製多遺失存者十七卷顏晃陳書晃傳字元明少有辭采獻甘露頌詞義該典其表奏詔誥下筆立成便得事理而雅有氣質有集二十卷江德操陳書德操傳字德藻善屬文著文筆十五卷子椿亦善屬文庾持陳書持傳字允德尤善書記以才藝聞持善字書每屬詞好爲奇字文士亦以此譏之集十卷許亨陳書亨傳字亨道少爲劉之遴所重撰齊書梁史所製文筆六卷褚玠陳書玠傳字溫理長能屬文詞義典實不好豔靡所製章奏雜文二百餘篇皆切事理岑之敬陳書之敬傳字思禮以經業進雅有詞筆有集十卷行世蔡凝陳書凝傳有文辭何之元陳書之元傳有才思著梁典章華陳書傳綷傳吳興章華善屬文之流或工詩文或精筆翰亦其選也又梁代士大夫多仕陳廷以文學著如蕭允陳書

允傳經延陵季子廟爲詩敘意辭理清典周弘正南史弘正傳玄理爲當時所宗集二十卷弟弘讓弘直弘直幼聰敏有集二十卷蕭引陳書引傳善屬文弟密有文詞張種南史種傳有集十四卷王勱南史勱傳從登北顧樓賦詩辭義清典沈衆陳書衆傳沈約孫有文才梁武令爲竹賦手勅答曰文體翩翩可謂無忝爾祖袁樞陳書樞傳有集十卷行世謝嘏陳書嘏傳善屬文文集行世虞荔虞寄陳書荔傳善屬文梁武使製士林館碑弟寄大同中上瑞雨頌梁武謂其典裁清拔是也又案梁陳之際若王通謝岐袁敬袁泌劉仲威王質蕭乾韋載韋鼎王固蕭濟沈君公雖不以文名亦均工文若夫沈文阿沈洙王元規鄭灼顧超之流博綜經術張譏馬樞兼善玄言亦不僅以文名其有尤工詩什者自徐沈外則有陰鏗南史鏗傳字子堅尤善五言詩爲當時所重世祖使賦新成安樂宮詩援筆立就有集三卷行世張正見陳書正見傳字見頤年十三獻頌梁簡文深贊賞之有集十四卷其五言詩尤善大行於世阮卓陳書卓傳尤工五言詩謝貞陳書貞傳八歲爲春日閑居五言詩有風定花猶落句王筠以爲追步惠連有集值亂不存諸人若夫孔範劉暄之流惟工藻豔詳下節亦又不足數矣

丁 總論

宋齊梁陳文學之盛既綜述於前試合當時各史傳觀之自

江左以來其文學之士大抵出於世族而世族之中父子兄弟各以能文擅名如南史稱劉孝綽兄弟及羣從子姪當時有七十人幷能屬文近古未之有（孝綽傳） 又王筠與諸兒論家門文集書謂史傳所稱未有七葉之中人人有集如吾門者（筠傳） 此均實錄之詞（當時文學之盛舍琅琊王氏及陳郡謝氏吳郡張氏外則有南蘭陵蕭氏陳郡袁氏東海王氏彭城到氏吳郡陸氏彭城劉氏東莞臧氏會稽孔氏盧江何氏汝南周氏新野庾氏東海徐氏濟陽江氏均見歷史） 惟當時之人既出自世族故其文學之成必於早歲（詳前節） 且均文思敏速或援筆立成或文無加點（亦詳前節故梁武集文士作詩文均限晷刻又南史王僧孺傳稱竟陵王集學士爲詩四韻刻燭一寸亦其證也若徐勉傳下筆不休朱異傳不暫停筆又當時詔誥書疏詞貴敏速之證） 此亦秦漢以來之特色至當時文學得失稽之史傳及諸家各集厥有四端

一曰矜言數典以富博爲長也 齊梁文翰與東晉異即詩什亦然自宋代顏延之以下侈言用事（鍾氏詩品謂文符應資博古駁奏宜窮往

烈至於吟詠情性亦何貴乎用事顏延之喜用古事彌見拘束於時化之故大明泰始中文章殆同書抄爾來作者浸以成俗遂句無虛韻語無虛字拘攣補衲蠹文已甚學者浸以成俗齊梁之際任昉用事尤多慕者轉爲穿鑿南史任昉傳云既以文才見知時人云任筆沈詩昉聞甚以爲病晚節轉好著詩用事過多屬辭不得流便自爾都下士之慕之轉爲穿鑿詩品亦云任昉博物動輒用事是以詩不得奇蓋南朝之詩始則工言景物繼則惟以數典爲工觀齊梁人所存之詩自離合詩回文詩建除詩以外有四色詩八音詩數名詩州郡名詩藥名詩姓名詩鳥獸名詩樹名詩草名詩宮殿名詩各體又有大言小言諸詩此均惟工數典者也因是各體文章亦以用事爲貴如王僧孺姚察等傳並云多用新事人所未見是其證考之史傳南史稱王儉嘗使賓客隸事南史王儉傳王儉嘗集才學之士總校虛實類物隸之謂之隸事自此始也儉嘗使賓客隸事多者賞之摛後至儉以所隸示之操筆便成文章既奧辭亦華美舉坐擊賞梁武集文士策經史事南史劉峻傳云武帝每集文士策經史事范雲沈約之徒皆引短推長峻忽請紙筆疏十餘事坐客皆驚而類書一體亦以梁代爲盛蕃王宗室以是相高南史劉峻傳安成王秀使撰類苑凡一百二十卷武帝即命諸學士撰華林徧略以高之杜子偉傳補東宮學士與劉陟等抄撰羣書各爲題目庾肩吾傳略同陸罩傳亦言簡文

撰法寶聯璧與奪土抄撥區分均其證也雖爲博覽之資實亦作文之助即詩品所謂文章略同書抄齊書所謂緝事比類非對不發博物可嘉職成拘制也南史蕭子雲傳謂梁初郊廟樂詞皆沈約撰子雲啟宜改定武帝敕曰郊廟歌詞應須典誥大雅不得雜用子史文章淺言此當時文章弊雜之徵又蕭貲傳湘東王爲檄貲讀至偃師南望無復儲胥露寒河陽北臨或有穹廬氈帳乃曰聖製此句非無過似如體目朝廷非關亭賊王聞大怒此又文多溢詞不關實義之證也舉斯二事足審其餘故當時世士所崇非惟據韻兼重長篇如梁武詔羣臣賦詩或限劇韵或限五百字均見南史各傳詩什既然文章亦爾用是篇幅益恢梁代文章以篇逾千字爲恆偶詞滋衆此必然之理也

二曰梁代宮體別爲新變也　宮體之名雖始于梁然側豔之詞起源自昔晉宋樂府如桃葉歌碧玉歌白紵詞白銅鞮歌均以淫豔哀音被于江左迄于蕭齊流風益盛南史袁廓之傳謂時何濔亦稱才子爲文惠太子作楊叛兒歌辭甚側麗廓之諫曰夫楊叛者既非典雅而聲甚哀亦其證其以此體施于五言詩者亦始晉宋之間後有鮑照明遠樂府固妙絕一時其五言

詩亦多淫豔特麗而能壯與梁代之詩稍別齊書文學傳論謂次則發唱驚挺操調險急雕藻淫豔傾炫心魂斯鮑照之遺烈其確證也前則惠休之綺麗之詩自惠休始南史顏延之傳云延每薄湯惠休詩謂人曰惠休製作委巷中歌謠耳方當誤後事即據側麗之詩言之特至于梁代其體尤昌南史簡文紀謂帝辭藻豔發然傷于輕靡時號宮體南史帝紀論曰宮體所傳且變朝野魏徵梁論亦曰太宗神采秀發華而不實體窮淫靡義罕疏通哀思之音遂移風俗徐摛傳亦謂屬文好為新變文體既別春坊盡學之宮體之號自斯而始蓋當此之時文士所作雖多豔詞如徐摛特有輕豔之才新聲巧變人多諷習是然尤以豔麗著者實惟摛及庾肩吾嗣則庾信徐陵承其遺緒而文體特為南北所崇周書庾信傳謂庾肩吾徐摛摛子陵及信並為梁太子抄撮學士既有盛才文並綺麗世號徐庾體當時後進競相模範每有一文京都莫不傳誦隋書文學傳序曰自大同以後徐陵庾信分路揚鑣而其意淺而繁其文匿而采又唐杜確岑嘉州集序曰梁簡文帝及庾肩吾之屬始為輕浮綺靡之辭名曰宮體自後沿襲務為妖體均其證此則大同以後文禮之一變也梁代妖豔之詞多施於詞賦至陳則誌銘書札亦多哀思之音綺靡之詞又據陳書南史後主紀及張貴妃各傳謂帝荒

酒色奏伎作詩以宮人有文學者爲女學士與狎客共賦新詩采其尤豔麗者以爲曲調被以新聲其曲有玉樹後庭花臨春樂等江總傳謂其尤工五七言詩溺于浮靡日與後主游晏後庭多爲豔詩好事者相傳諷玩于今不絕又孔範傳云文章贍麗尤善五言詩與江總等并爲狎客陳暄傳云後主即位與義陽王叔達孔範袁權王瑳陳褒沈瓘王儀等陪侍游晏暄以俳優自居文章譎謬語言不節是陳季豔麗之詞尤較梁代爲盛即魏徵陳論所謂偏尚淫麗之文也故初唐詩什競沿其體歷百年而不衰

三曰士崇講論而語悉成章也　自晉代人士均擅清言用是言語文章雖分二途而出口成章悉饒詞藻（見前課）晉宋之際宗炳之倫承其流風兼以施於講學宋則謝靈運瞻之屬并以才辯辭義相高王惠精言清理（並見宋書王惠傳）齊承宋緒華

辯益昌齊書稱張緒言精理奧見宗一時吐納風流聽者皆忘飢疲（緒傳）又稱周顒音辭辨麗辭韻如流太學諸生慕其風爭事華辨（顒傳）又謂張融言辭辯捷周顒彌爲清綺劉繪音采不贍麗雅有風則（繪傳）迄於梁代世主尤崇講學國學諸生惟以辨論儒玄爲務或發題申難往復循環具詳南史各傳（梁代講論之風被於朝野具詳戚袞周弘正張譏顧越馬樞岑之敬各傳）用是講論之詞自成條貫及筆之於書則爲講疏口義筆對大抵辨析名理既極精微而屬詞有序質而有文爲魏晉以來所未有當時人士既習其風故析理之文議禮之作迄于陳季多有可觀則亦士崇講論之効也

四曰諧隱之文斯時益甚也　諧隱之文亦起源古昔宋代袁淑所作益繁惟宋齊以降作者益爲輕薄其風蓋昌於劉宋之初（南史謝靈運傳何長瑜寄書宗人何勖以韻語序陸展染鬢輕薄少年遂演之凡人士並爲題目皆加劇

言苦句其文流行是其證嗣則卞鑠邱巨源卞彬之徒所作詩文幷多譏刺南史文學傳卞鑠爲詞賦多譏刺世人邱巨源作秋胡詩有譏刺語卞彬擬枯魚賦喻意又著蚤蝨蝸蟲等賦大有指斥永明中諸葛勳爲國子生作雲中賦指祭酒以下皆有形似之目梁則世風益薄士多嘲諷之文梁書臨川王弘傳豫章王綜以弘貪吝作錢愚論其文甚切又南史江德藻傳弟從簡作采荷調刺何敬容爲當時所賞又何敬容傳蕭琛子巡頗有輕薄才制卦名離合詩嘲敬容而文體亦因之愈卑矣孔珪北山移文裴子野雕蟲論亦屬此派

要而論之南朝之文當晉宋之際蓋多隱秀之詞嗣則漸趨縟麗齊梁以降雖多侈豔之作然文詞雅懿文體清峻者正自弗乏斯時詩什蓋又由數典而趨琢句然清麗秀逸亦自可觀又當此之時張融之文務爲詭激裴子野之文制多法古蓋張氏既以新奇爲貴裴氏欲挽靡麗之風然朝野文人鮮效其體觀簡文與湘東書以爲裴氏之文不宜效法此可驗當時之風尚矣至當時文格所以上變晉宋而下啟隋唐

者厥有二因一曰聲律說之發明二曰文筆之區別今犆引史籍所言詮次如左

甲聲律說之發明

南史陸厥傳曰永明末盛爲文章吳興沈約陳郡謝朓琅琊王融以氣類相推汝南周顒善識聲韻爲文皆用宮商以平上去入爲四聲以此制韵有平頭上尾蠭腰鶴膝五字之中音韵悉異兩句之內角徵不同不可增減世呼爲永明體

周顒傳云顒始著四聲切韵行於時

陸厥傳又曰時有王斌者不知何許人著四聲論行於時

沈約傳曰約撰四聲譜以爲在昔詞人累千載而不悟而獨得胸襟窮其妙旨自謂入神之作武帝雅不好焉嘗問周捨曰何謂四聲捨曰天子聖哲是也然帝竟不遵用又南史陸厥傳約論四聲頗有詮辯而諸賦亦往往與聲韵乖

案音韻之學不自齊梁始封演聞見記謂魏時有李登者撰聲類十卷以五聲命字魏書江式傳亦謂晉呂靜仿呂登之法作韻集五卷宮商角徵羽各爲一篇是宮羽之辨嚴於魏晉之間特文拘聲韻始於永明耳考其原因蓋江左人士喜言雙聲（如宋書謝莊傳載莊荅王玄謨玄護爲雙聲磝碻爲疊韻以爲捷速如此又王玄保傳好爲雙聲並其證）衣冠之族多解音律（如南史蕭惠基解音律尤好魏三祖曲及相和歌顏師伯傳頗解聲樂又齊書齊臨川王映傳及南史褚澐謝恂王沖各傳或云善聲律或云曉音樂或云解音律聲律是其證）故永明之際周沈之倫文章皆用宮商又以此祕爲古人所未睹也

庾肩吾傳曰齊永明中王融謝朓沈約文章始用四聲以爲新變至是轉拘聲韻彌爲麗靡

又案唐封演聞見記亦云周顒好爲體語因此切字皆有平上去入之異永明中沈約文辭精拔盛解音律遂撰四聲譜時王融劉繪范雲之徒慕而扇之由是遠近文學轉相祖述

而聲韵之道大行
沈約宋書謝靈運傳論夫五色相宣八音協暢由乎玄黃律呂
各適物宜欲使宮羽相變低昂舛節若前有浮聲則後須切響
一簡之內音韵盡殊兩句之中輕重悉異妙達此旨始可言文
至於先士茂製諷高歷賞子建函京之作仲宣灞岸之篇子荆
零雨之章正長朔風之句並直舉胸情非傍詩史正以音律調
韻取高前式自靈均以來多歷年代雖文體稍精而此祕未覩
至於高言妙句音韻天成皆暗與理合匪由思至張蔡曹王曾
無先覺潘陸顏謝去之彌遠世之知音者有以得之此言非謬
如曰不然請待來哲
陸厥與沈約書曰范詹事自序性別宮商識清濁特能適輕重
濟艱難古今文人多不全了斯處縱有會此者不必從根本中
來尚書亦云自靈均以來此祕未覩或闇與理合匪由思至張

蔡曹王曾無先覺潘陸顏謝去之彌遠大旨欲使宮羽相變低昂舛節若前有浮聲則後須切響一簡之內音韻盡殊兩句之中輕重悉異辭既美矣理又善焉但觀歷代衆賢似不都闇此而云此祕未覩近於誣乎案范云不從根本中來尚書云匪由思至斯可謂揣情謬於玄黃摘句差其音律也范又云時有會此者尚書云或闇與理合則美詠清謳有辭章調韻者雖有差謬亦有會合推此以往可得而言夫思有合離前哲同所不免文有開塞即事不得無之子建所以好人譏彈士衡所以遺恨終篇既曰遺恨非盡美之作理可詆訶君子執其詆訶便謂合理爲闇豈如指其合理而寄詆訶爲遺恨邪自魏文屬論深以清濁爲言劉楨奏書大明體勢之致岨峿安帖之談操末續顚之說興玄黃於律呂比五色之相宣苟此祕未覩茲論爲何所指邪故愚謂前英已早識宮徵但未屈曲指的若今論所申至

於掩瑕藏疾合少謬多則臨淄所云人之著述不能無病者也非知之而不改謂不改則不知斯曹陸又稱竭情多悔不可力彊者也今評以有病有悔爲言則必自知無悔無病之地引其不了不合爲闇何獨誣其一了一合之地乎意者亦質文時異古今好殊將急在情物而緩於章句情物文之所急美惡猶且相半章句意之所緩故合少而謬多義兼於斯必非不知明矣長門上林殆非一家之賦洛神池雁便成二體之作孟堅精正詠史無虧於東主平子恢富羽獵不罪於憑虛王粲初征他文未能稱是楊修敏捷暑賦彌日不獻率意寡尤則事促乎一日翳翳愈伏而理賒於七步一人之思遲速天懸一家之文工拙壤隔何獨宮商律吕必責其如一邪論者乃可言未窮其致不得言曾無先覺也齊書厥傳

沈約答陸厥書宮商之聲有五文字之别累萬以累萬之繁配

五聲之約高下低昂非思力所學又非止若斯而已也十字之文顛倒相配字不過十巧歷已不能盡何況復過於此者乎靈均以來未經用之於懷抱固無從得其髣髴矣若斯之妙而聖人不尚何邪此蓋曲折聲韻之巧無當於訓義非聖哲立言之所急也是以子雲譬之雕蟲篆刻云壯夫不爲自古辭人豈不知宮羽之殊商徵之別雖知五音之異而其中參差變動所昧實多故鄙意所謂此祕未覩者也以此而推則知前世文士便未悟此處若以文章之音韻同絃管之聲曲則美惡妍蚩不得頓相乖反譬猶子野操曲安得忽有闡緩失調之聲以洛神比陳思他賦有似異手之作故知天機啟則律呂自調六情滯則音律頓舛也士衡雖云炳若縟綿寧有濯色江波其中復有一片是衞文之服此則陸生之言即復不盡者矣韻與不韻復有精麤輪扁不能言老夫亦不盡辨此同上

文心雕龍聲律篇夫音律所始本於人聲者也聲含宮商肇自血氣先王因之以制樂歌故知器寫人聲聲非學器者也故言語者文章神明樞機吐納律呂脣吻而已古之教歌先揆以法使疾呼中宮徐呼中徵夫商徵響高宮羽聲下抗喉矯舌之差攢脣激齒之異廉肉相準皎然可分今操琴不調必知改張摛文乖張而不識所調響在彼絃乃得克諧聲萌我心更失和律其故何哉良由內聽難爲聰也故外聽之易絃以手定內聽之難聲與心紛可以數求難以辭逐凡聲有飛沈響有雙疊雙聲隔字而每舛疊韻雜句而必睽沉則響發而斷飛則聲颺不還並轆轤交往逆鱗相比迂其際會則往蹇來連其爲疾病亦文家之吃也夫吃文爲患生於好詭逐新趣異故喉脣糺紛將欲解結務在剛斷左礙而尋右末滯而討前則聲轉於吻玲玲如振玉辭靡於耳纍纍如貫珠矣是以聲畫姸蚩寄在吟詠滋味

流於字句氣力窮於和韻異言相從謂之和同聲相應謂之韻韻氣一定故餘聲易遣和體抑揚故遺響難契屬筆易巧選和至難綴文難精而作韻甚易雖纖毫曲變非可縷言然振其大綱不出茲論若夫宮商大和譬諸吹籥翻迴取均頗似調瑟瑟資移柱故有時而乖貳籥含定管故無往而不壹陳思潘岳吹籥之調也陸機左思瑟柱之和也槩舉而推可以類見又詩人綜韻率多清切楚辭辭楚故訛韻實繁及張華論韻謂士衡多楚文賦亦稱知楚不易可謂銜靈均之聲餘失黃鐘之正響也凡切韻之動勢若轉圜訛音之作甚於枘方免乎枘方則無大過矣練才洞鑒剖字鑽響識疏闊略隨音所遇若長風之過籟南郭之吹竽耳古之佩玉左宮右徵以節其步聲不失序音以律文其可忘哉

又案雕龍本篇贊云標清務遠比音則近吹律胷臆調鐘脣

吻聲得鹽梅響滑楡槿割棄支離宮商難隱

鍾嶸詩品下昔曹劉殆文章之聖陳文爲體貳之才銳精研思千百年中而不聞宮商之辨四聲之論或謂前達偶然不見豈其然乎嘗試言之曰古詩頌皆被之金竹故非調五音無以諧會若置酒高堂上明月照高樓爲韻之首故三祖之詞文或不工而韻入歌唱此重聲韻之義也與世之言宮商者異矣今既不備管絃亦何取於聲韻耶齊王元長者嘗謂余云宮商與二儀俱生自古詞人不知之唯顏憲子乃云律呂音調而其實大謬唯見范曄謝莊頗識之耳常欲進知音論未就王元長創其首謝朓沈約揚其波三賢或貴公子孫幼有文辯於是士流景慕務爲精密襞積細微轉相凌架故使文多拘忌傷其眞美余謂文製本須諷讀不可蹇礙但令清濁通流口吻調利斯爲足矣至於平上去入則余病未能蜂腰鶴膝閭里已具

案四聲之説盛於永明其影響及於文學者南史以爲轉拘聲韵而近人顧炎武音論又謂江左之文自梁天監以前多以去入二聲同用以後則絶不相通其説至確然沈周之説所謂判低昂審清濁者非惟平側之別已耳於聲韵之辨蓋亦至精彦和謂響有雙疊雙聲隔字而每舛疊韵雜句而必睽即沈氏所謂一簡之内音韵盡殊故彦和又云異音相從謂之和同聲相應謂之韵謂一句之内不得兩用同紐之字及同韵之字也彦和謂聲有飛沈沈則響發而斷飛則聲颺不還即沈氏所謂前有浮聲後須切響兩句之中輕重悉異謂一句之内不得純用濁聲之字或清聲之字也至當時五言詩律舍南史所擧平頭上尾蠭腰鶴膝外別有大韵小韵旁紐正紐四端是爲八病平頭謂第二字不與第七字同聲上尾謂第五字不與第十字同聲蜂腰謂第二字不與第五字同聲鶴膝謂第五字不與第十五字同聲大韵謂五言詩兩句除韵而外餘九字不與韵犯小韵謂五言詩兩句不得互用同韵之字旁紐

謂五言詩兩句不得兩用同紐之字正紐謂一紐四聲不得兩句雜用此即永明聲律論之大略也南史以爲彌爲麗靡詩品以爲轉傷眞美斯固切當之論然四聲八病雖近纖微當時之人亦未必悉相遵守惟音律由疏而密實本自然非由強致試即南朝之文審之四六之體粗備於范曄謝莊成於王融謝朓而王謝詩亦復漸開律體影響所及迄於隋唐文則悉成四六詩則別爲近體不可謂非聲律論開其先也又四六之體既成則屬對日工篇幅益趨於恢廣此亦必然之理試以齊梁之文上較晉宋陳隋之文上較齊梁其異同之迹固可比較而知也

乙文筆之區別

南史范曄傳曄與諸甥姪書曰常謂情志所託故當以義爲主以文傳意以意爲主則其旨必見以文傳意則其詞不流然後抽其芬芳振其金石耳觀古今文人多不全了此處年少中謝

莊最有其分手筆差易於文不拘韵故也吾思乃無定方但多公家之言少於事外遠致以此爲恨亦由無意於文名故也

南史顔延之傳帝嘗問以諸子才能延之曰竣得臣筆測得臣文奐得臣義又曰長子竣爲孝武造書檄元凶邵呂延之示以檄文問曰此筆誰造延之曰竣之筆也又問何以知之曰竣筆體臣不容不識

梁元帝金樓子立言篇云今之門徒轉相師受通聖人之經者謂之儒屈原宋玉枚乘長卿之徒止於辭賦則謂之文今之儒博窮子史但能識其事不能通其理者謂之學至如不便爲詩如閻纂善爲章奏如伯松若是之流泛謂之筆吟詠風謠流連哀思者謂之文又云筆退則非謂成篇進則不云取義神其巧惠筆端案惠慧古通而已至如文者惟須綺縠紛披宮徵靡曼脣吻遒會情靈搖蕩而古之文筆今之文筆其源又異

文心雕龍序志篇若乃論文取筆則囿別區分案雕龍他篇區別文筆者如時

序篇云庾以筆才逾親溫以文思益厚才略篇云孔融氣盛於爲筆禰衡思銳於爲文並文筆分言之證又風骨篇云若風骨乏采則鷙集翰林采乏風骨則雉竄文囿惟藻耀之高翔固文筆之鳴鳳也章句篇云是以搜句忌於顛倒裁章貴於順序斯固情趣之指歸文筆之同致也亦文筆並詞之證

文心雕龍總術篇今之常言有文有筆以爲無韻者筆也有韻者文也夫文以足言理兼詩書別目兩名自近代耳顏延年以爲筆之爲體言之文也經典則言而非筆傳記則筆而非言請奪彼矛還攻其楯矣何者易之文言豈非言文若筆不言文不得云經典非筆矣將以立論未見其論立也予以爲發口爲言屬筆曰翰常道曰經述經曰傳經傳之體出言入筆筆爲言使可强可弱分經以典奧爲不刊非以言筆爲優劣也又本篇贊曰文場筆苑有術有門亦分言文筆

案自晉書張翰曹毗成公綏各傳均以文筆並詞或云詩賦雜筆自是以降如宋書沈懷文傳弟懷遠頗閑文筆齊書晉

安王子懋傳世祖敕子懋曰文章詩筆乃是佳事又竟陵王傳所著內外文筆數十卷雖無文采多是勸戒梁書鮑泉傳兼有文筆陳書陸琰傳所製文筆多不存陳書姚察傳每製文筆後主敕便索本後主所製文筆甚多別寫一本付察虞寄傳所製文筆遭亂多散失劉師知傳工文筆江德藻傳著文筆十五卷許亨傳所製文筆六卷均文筆分言之證其有詩筆分言者如南史劉孝綽傳弟孝儀孝威工屬文詩孝綽嘗云三筆六詩三即孝儀六謂孝威沈約傳謂謝玄暉善爲詩任彥昇工於筆約兼而有之然不能過任昉傳謂時人云任筆沈詩昉聞甚以爲病又庾肩吾傳簡文與湘東王書云詩既若此筆亦如之又云謝朓沈約之詩任昉陸倕之筆斯文章之冠冕述作之楷模並其證也亦或析言詞筆如陳書岑之敬傳雅有辭筆是也謝朓傳亦云孔顗粗有才筆至文筆區別蓋漢魏以來均以有藻韵者爲文無藻韵者爲筆東晉以還說乃

稍別據梁元金樓子惟以吟詠風謠流連哀思者爲文據范曄與甥姪書及雕龍所引時論則又有韵爲文無韵爲筆今以宋齊梁陳各史傳證之據宋書傅亮傳謂武帝登庸之始文筆皆是參軍滕演北征廣固悉委長史王誕自此之後至于受命表册文誥皆亮詞也又據齊書孔珪傳云爲齊高帝驃騎記室與江淹對掌辭筆又據齊書謝朓傳謂明帝輔政掌霸府文筆又掌中書詔誥梁書任昉傳謂武帝克建鄴以爲驃騎記室專主文翰每製書草沈約輒求同署嘗被急召昉出而約在是後文筆約參製焉又任昉傳昉尤長載筆當時王公表奏莫不請焉梁臺建禪讓文誥多昉所具南史蕭子範傳謂南平王府中文筆皆令具草陳書姚察傳亦云又敕專知優册謚議等文筆其文筆詞筆並言並與沈懷文各傳相合自是以外或云手筆史傳所載有僅言手筆者如齊書邱靈鞠傳敕知東宮手筆王儉傳手筆典裁爲當時所重陳書姚察傳後主稱姚察手筆典裁精當是也有

云大手筆者南史陸瓊傳謂陳文帝討周迪等都官符及諸大手筆並中敕付瓊徐陵傳國家有大手筆必命陵草之是也或云筆翰南史任孝恭傳專掌公家筆翰邱巨源傳有筆翰太祖使於中書省撰符檄巨源與袁粲書謂朝廷洪筆何故假手凡賤又有羽檄之難必須筆傑等語是其證合以顏延之各傳知當時所謂筆者非徒全任質素亦非偶語爲文單語爲筆也蓋當時世俗之文有質直序事悉無浮藻者如今本文選任昉彈劉整文所引劉寅妻范氏詣臺訴詞是也亦有以語爲文無復偶詞者如齊世祖敕晉安王子懋諸文是也如劉瓛與張融王思遠書亦質直不華齊梁之文類此者正復弗乏然史傳諸云文筆詞筆以及所云長于載筆工于爲筆者筆之爲體統該符檄牋奏表啟書札諸作言其彈事議對之屬亦屬於史筆冊亦然凡文之偶而弗韵者皆晉宋以來所謂筆類也故當時人士于尺牘書記之屬詞有專工今以史傳考之所云尺牘如宋書劉穆之傳與朱齡石並便尺牘臧質傳尺牘便敏梁書徐勉傳既閑尺牘邵陵王綸傳尤工尺牘陳書蔡景歷傳善尺牘是也所云書記如陳書陳詳傳善書記庾持傳尤善書記以才藝

聞是也自是以外或云書疏如陳書陸山才傳周文育出鎮南豫州不知書疏乃以山才爲長史是也或云書翰如齊書王晏傳齊高帝時軍旅書翰皆見委陳書孫瑒傳尤便書翰是也而刀筆刀筆之名見於史傳者如南史虞玩之傳少閑刀筆王球傳謂彭城王義康專以政事爲本刀筆幹練者多被意遇吳喜傳謂齊明帝以喜刀筆吏不當爲將是也斯時所云刀筆蓋官府文書成於吏手者筆札筆札之名見于史傳者如南史宗人傳齊爵林爲南郡王使管書記以筆札貞正見許又沈慶之傳云慶之謂顏竣曰君但當知筆札之事皆其證也筆記如齊書邱巨源傳巨源與袁粲書筆記賤伎非殺活所待是也又文心雕龍才略篇云路粹楊修頗懷筆記之工又云溫太眞之筆記循理而清通亦筆記之名見于齊梁著作者筆奏雕龍才略篇長虞筆奏世執剛中之名或詳於史册或雜見羣書又王僧孺徐勉孔奐諸人其彈事之文各與集別南史王僧孺傳文集二十卷兩臺彈事不入集別爲五卷又徐勉傳云左丞彈事五卷所著前後二集五十卷又爲人章表集十卷孔奐傳云有集十五卷彈文集此均彈文別于文集之證又南史孔休源傳云凡奏議彈文勒成十五卷亦其證也又案南史劉璠傳云劉璠爲御史中丞彈蕭惠開王僧達朝士莫不畏其筆端此亦彈事之體南朝稱筆之證也均足爲文筆區分之證更即雕龍篇次言之由第六迄於第十五以明詩樂府詮賦頌贊祝盟銘箴誄碑哀弔雜文

諧讔諸篇相次是均有韻之文也由第十六迄於第二十五以史傳諸子論說詔策檄移封禪（篇中所舉揚雄劇秦美新爲無韵之文相如封禪文惟頌有韵班氏典引亦不盡叶韵又東漢封禪儀記則記事之體也）章表奏啟議對書記諸篇相次是均無韻之筆也此非雕龍隱區文筆二體之驗乎（雕龍章表篇以左雄奏議胡廣章奏並當時之筆傑又才略篇云庾元規之表奏靡密而閑暢溫太眞之筆記循理而清通亦筆端之良工也又史傳篇云秉筆荷擔莫此之勞論說篇云不專緩頰亦在刀筆書記篇云然才冠鴻筆多疏尺牘事類篇云事美而制于刀筆據上諸證是古今無韵之文彥和並目爲筆）蓋晉宋以降惟以有韵爲文較之士衡文賦並列表及論說者又復不同故當時無韵之文亦矜尚藻采迄於唐代不衰

或者曰彥和旣區文筆爲二體何所著之書總以文心爲名不知當時世論雖區分文筆然筆不該文文可該筆故對言則筆與文別散言則筆亦稱文據陳書虞寄傳載衡陽王出閣文帝敕寄兼掌書記謂屈卿遊藩非止以文翰相煩乃令

以師表相事又梁書裴子野傳謂子野爲移魏文武帝稱曰其文甚壯是奏記檄移之屬當時亦得稱文故史書所記於無韻之作亦或統稱文章觀於王儉七志於集部總稱文翰阮孝緒七錄則稱文集而昭明文選其所選錄不限有韻之詞此均文可該筆之證也

又案昭明文選惟以沈思翰藻爲宗故讚論序述之屬亦兼采緝然所收之文雖不以有韻爲限實以有藻采者爲範圍蓋以無藻韻者不得稱文也

梁昭明太子文選序自姬漢以來眇焉悠邈時更七代數逾千祀詞人才子則名溢於縹囊飛文染翰則卷盈乎緗帙自非略其蕪穢集其清英蓋欲兼功太半難矣若夫姬公之籍孔父之書與日月俱懸鬼神爭奧孝敬之准式人倫之師友豈可重以芟夷加之剪截老莊之作管孟之流蓋以立意爲宗不以能文

爲本今之所撰又以略諸若賢人之美辭忠臣之抗直謀夫之話辨士之端冰釋泉涌金相玉振所謂坐狙丘議稷下仲連之却秦軍食其之下齊國留侯之發八難曲逆之吐六奇蓋乃事美一時語流千載概見墳籍旁出子史若斯之流又亦繁博雖傳之簡牘而事異篇章今之所集亦所不取至於記事之史繫年之書所以褒貶是非紀別異同方之篇翰亦已不同若其讚論之綜緝辭采序述之錯比文華事出於沈思義歸乎翰藻故與夫篇什雜而集之遠自周室迄於聖代都爲三十卷名曰文選云耳

案昭明此序别篇章於經史子書而外所以明文學别爲一部乃後世選文家之凖的也

要而論之一代之文必有宗尚故歷代文人所作各有專長

試即宋齊梁陳四代言之自晉末裴松之奏禁立碑（宋書松之傳云

義熙初松之以世立私碑有乖事實上表陳之以爲諸欲立碑者宜悉令言上爲朝義所許然後聽之庶可以防遏無徵顯章茂實由是普斷而誌銘之文代之而起文選注及封演聞見記引齊王儉議謂墓誌起於宋元嘉中顏延之爲王球石誌素族無銘策故以紀行又謂儲妃既有哀策不煩石誌然宋齊以降臣僚並有墓誌或由太子諸王撰立據南史裴子野傳謂湘東王爲之墓誌銘陳於藏內邵陵王又立墓誌堙於羨道羨道列誌自此始是當時誌銘不止一石也然敕立奏立之碑時仍弗乏當時奏立之碑有二一爲墓碑如梁劉賢等陳徐勉行狀請刊石紀德降詔立碑於墓是也一爲碑頌碑記如壽陽百姓爲劉勔立碑記南豫州人請爲夏侯亶立頌碑是也寺塔碑銘作者尤眾又晉宋而降頗事虛文讓表謝牋必資名筆朝野文人尤精樹論駁詰之詞既盛辨答之說益繁如夷夏論神滅論及張融問律諸文駁者既眾答者益繁故篇章充積故數體之文亦以南朝爲盛自斯而外若箴銘頌贊哀誄騷七設論連珠各體雖稍有通變然鮮有出轍其有文體舛訛異於前作者亦肇始齊梁之世如行狀易爲偶文如文選所載任昉齊竟陵王行狀是祭文不爲韻語齊梁以前祭文均爲韻語此正體也若王僧孺祭禹廟文任孝恭祭雜墳文均偶而弗韻北朝則魏孝文祭恆岳文

薛道衡祭江文祭淮文並承其體非祭文之正式也嗣則誌銘之作無異誄文銘以述德誄以表哀體本稍別陳代誌銘詞多哀豔如後主等所撰是也賦體益恢雜以四六此則文體之變也

垣曲崔希賢校
桂林鄭裕孚校

右從兄申叔先生遺書都七十四種寧武南佩蘭先生裒輯校印權輿於民國二十三年一月畢成於二十五年一月距兄之沒蓋十有七年矣兄賦質睿敏治學奮勤兒時偶閱書疏背誦一字不遺年未十二已畢五經當夫志學之歲篤嗜左氏春秋研經而外並及子史其答客難也嘗證穆王西征之事其應射策也歷舉苗崗種族之數出語驚其長老記問冠於朋從二十出遊合肥蒯公（光典）譽爲天人餘杭章氏（炳麟）目爲諍友士林稱頌聲問乃益著焉迨南經楚蜀北歷燕晉講學著書未嘗或輟故述作斐然而傳習有系最後教授北京大學病瘵以卒師頴聞耗哭赴故都兄之故人及其弟子或收拾遺稿舉以見畀或啓視手足不忘所師風義之篤弗可及也師頴幼侍　先公京師而兄居揚州之靑溪舊屋南北暌隔覿面無由光宣之交兄游燕薊始獲晤言國體既更奉親返里兄以遭時多故轉徙

無方綿歷歲年音書曠絕既而師潁旅食北來乃獲再晤旋嗟
朝露學未親承今讀遺書難窺什一是則彌可傷矣此編所收
之稿泰半兄自寫定餘則佩蘭先生輯錄者也補佚拾遺校勘
譌衍則錢疑古鄭友漁二君致力尤多惟周禮古注集疏禮經
舊說二種其全稿爲黃君季剛假借以去黃君去歲物故迄於
不可訪求今所刊行已非全豹後之覽者同滋惋惜又餘杭章
先生知兄最早且深時與上下議論今年卒於吳門不及爲此
書之敘九原有知能無憾乎綜兄生平憔悴憂傷年不副志佳
城鬱鬱南望悽然其遺著幸未散佚佩蘭先生不忘久要哀其
早逝萃而刊之成此巨帙使兄姓字永留人間乃知懷舊之志
絕勝後世相知者已爰書厓略用諗方來民國二十五年九月
儀徵劉師潁書於天津僑舍

後序

予夙仰儀徵劉申叔先生傳其家四世經學博極古今冠倫軼羣及侍寧武南公佩蘭於官次益聞其身世之詳申叔與南公交最篤曩同游學東瀛相得驩甚鼎革後由蜀來晉主公家公奉之如骨肉申叔亦以兄事公後客京師侘傺而卒公首以兼金賻之始得成喪民國廿二年癸酉五月四日裕孚奉簡命典試綏遠來故都擬撰歸綏縣志適南公議刊申叔遺書諈諉蒐校之役裕孚不學重鄙見闒兢兢懼弗克任乃從友人張君次溪徵稿於倫君哲如得如干種趙君斐雲亦次以稿至張君重威者申叔弟子也與予舊相識予徵稿於重威時申叔之弟容季旅於津重威徵諸容季容季索諸次羽次羽申叔猶子也迺盡出所藏稿悉以畀予而陳君斠玄蒙君文通亦俱以稿見賚先後共得如干種裕孚猶以爲未備也爰就北平圖書館錄其

佚篇竝走書肆購求零種所得又如干卷雖未云備要之十蓋
八九具已經始於甲戌閲五載而訖工都七十有四種茲書之
就賴諸君輻湊并力而尤以吳興錢公玄同商榷之功爲最多
錢公夙重申叔之學者也嘗謂少讀申叔作旣心儀其人及晤
於東京客邸而益慕與之友故於此編肇纂伊始驩然願助其
成佚稿之旁搜總目之編次胥繇公力疾任之遇有滯疑輒與
予書疏往返必得當而後已申叔之學邃奧無倫矣而頗拙于
書故校讎最爲棘手其底稿塗抹難識而鈔稿坊刻亦多疏誤
裕孚猥綜校刊務求審正旣別爲校勘記附於書後仍恐疏漏
之誚在所難免也嗚虖名之不易傳也久矣畢生孤詣覃思箸
書兼輛而人多不知好好矣而或不託於有力之彊卒以是泯
焉者蓋不知凡幾也南公自卜居故都優游文史獨居深念每
以國學廢墜爲憂申叔經學名家宜有不可沒者故慨傾囊槖

類掬其生平遺箸萃爲一編將上以蟬嫣乎古作而下啓夫後學者之徑涂其事爲今世所不可無而風義之篤遂爲古來所僅見庸非所謂好之而有力而不負死友者歟獨憶鋟版時故都名宿柯鳳蓀先生劭忞王晉卿先生樹枬數數向予道劉書之懿而綦望其蚤成顧輾轉遷延歷久而后蕆事而二公已相繼下世不及見其全書悲夫抑二公俱年大耋亦所箸書甚多名山之業疑有未盡鐫刻者安得篤好而有力如南公者爲之補刊佚遺畢掇拾而光大之亦藝林之盛事也裕孚雖昧學猶將翹企而望之

民國廿七年六月桂林鄭裕孚謹序時年五十有七

劉申叔先生遺書校勘記

白虎通義斠補　　晏子春秋逸文輯補

白虎通義闕文補訂　　晏子春秋黃之寀本校記

白虎通義源流考　　老子斠補

周書補正　　墨子拾補

周書略說　　春秋繁露斠補

晏子春秋校補　　楊子法言校補

右十二種鋟成後偶一展卷不免訛敓爰重檢一過各爲校刊記外此則竢佗日再謀賡續其事客笥稀簡殊尟篋藏而校書如掃葉然淨盡固未易易也鄭裕孚記

白虎通義斠補

序

陳氏直齋書錄　目誤錄

亦或末足　未誤末形近之譌

爵篇

欲褒尊而上之　褒應作襃餘同不悉校

又公羊成七年疏引辨名云云天子無爵而言天子爲爵稱者爵者譙也　當作又公羊成八年疏引辨名記云天子無爵而言天子爲爵稱者爵者醮也

書抄五十三　抄當作鈔下同

案明本均作乃受銅瑁也二字　二字衍文

號篇

又韓詩子　非誤詩

猶蛾从蠶化得聲義也　蛾蚍之誤

社稷篇

案玉篇土部引墝墝　墝墝上挩作字

案續漢書祭祀志　志下捝注字

禮樂篇

貧不相懸也　貧下當有賤字

案原本玉篇　玉篇下捝音部兩字

禁如收歛　歛當作斂餘同

今考詩鼓鐘疏　鐘經作鍾

初學記十六書鈔一百十御覽五百八十　太蔟　蔟俱作簇案禮書一百三十三　當作二十三

祝始也　柷誤祝

封公侯篇

案此疑當作各加功　如誤加

五行篇

水味所以鹹何　鹹盧本作醎下同

北方其臯朽者　臯俗臭字見大廣益會玉篇自部四十七

案輔行記引丙者明也　丙上當有作字

案寶典十二引　下挩作抑字二字

萬物成熟種類衆多　多下挩也字

誅伐篇

盧本删下三字　下字上挩不字

諫諍篇

舊作伯諫　諫諂之誤

辟雍篇

然原本玉篇广部引作踐天下之殘賊　殘賊當作□賊

封禪篇

以均唐本之異文也　以當作此

即冡上文洛書龜書言疑本篇符瑞之應於四靈爲尤詳

此二則均其佚文　當作即彖上文洛出龜書言疑本篇
所序符瑞之應於四靈爲尤詳此二則均其佚文也
巡狩篇
書舜典疏及爾雅疏所引改桶爲捅　捅當作㩋
說文繫傳十八引作嶽确也王者巡狩确功德也慧琳音義
一引作确同功德也　确均當作确
原本玉篇山部引作岳之言埇也　埇當作㙦
詩大雅崧高疏及釋文則均引捅作桶　桶當作㮧
攷黜篇
案穀梁莊元年疏引義作順　顯誤順
聖人篇
倍選曰儁字亦作儁　儁字當作儁
案盧改爲滋涼　盧下挩本字

商賈篇

度其有無　無當作亡

下有以聚之三字　而誤以

作賈固也　賈當作賫

文質篇

乃弦質贄二字　乃當作今贄誤贄

邦於國　作誤於

以上節例之　上當作下

三綱六紀篇

作姑故也　也字上有故字

情性篇

見微知著　著下捝也字

作象木形而有葉色青　下捝四十一引作象木形而有葉

青色

謂大腸小腸膀胱三焦膽也　膀胱上挩胃字

禮逸　札誤禮

姓名篇

作湯本　湯本應作本湯

天地篇

地者萬物之祖元氣所生二語　二語字上挩則元氣所生

五字

則北宋各本又以萬物二語屬下節　又字當作不

日月篇

以殷歷推之　曆歷厤俱通但以作曆爲是

四時篇

春秋曰元年正月十又二月　又有通但以作有爲是

衣裳篇

同記　誤倒

五刑篇

其衣服象五行也　刑誤行

以上盧氏原文　以字作此爲是

案此謂庶人不得衣幣帛　帛下挩也字

五經篇

据此則白虎通之五經　之字衍文

疑後人竄入　竄作所爲是

嫁娶篇

案通典禮十九引作男子三十娶女二十嫁何　女字下挩

子字

案御覽帨誤褵　褵當作縭

紼冕篇

收者十二月陽收舉萬物而達出之　萬物上捝生字

謂前形尖小而大其後也　小當作仄

其飾微大　最誤微

喪服篇

上補天子諸侯四字　字當作句

舊本多作籥　籥當作蕭

故以杖扶身明當不以死傷生也　當不應作不當

崩薨篇

案見劉琨答盧湛詩　諶誤湛

贈賵何者謂也　當作贈賵者何謂也

孫氏札迻云一切經義　義上有音字

以相赴佐句釋贈　贈當作賵

含文嘉亦備引此文　引作列爲是
惟御覽九又引之　作誤引

白虎通義闕文補訂挍勘記

郊祀

案原本書抄九十　抄當作鈔後同不悉挍

案書鈔九十日下有也字　字誤宇形近之譌

宗廟

此莊氏據宋書臧壽傳書鈔九十一所補原文　壽乃燾

訛九十一應作九十

謂之饆者何　一本饆下無者字

田獵

四時之田揔名爲田何　揔當作摠形近之誤

宮室

門必有闕者闕者所以飾門別尊卑也闕　末闕字衍

者何闕疑也　者上捝闕字

又案紼冕篇有長三尺法天地人二語與爾雅疏所引未知

同條否也　一本無此案語

白虎通義源流考校勘記

陽湖莊氏別通義於奏議之外　奏議章紀作議奏

瑞安孫氏列通義於奏議之中謂即奏議之一類　兩奏議似亦當作議奏

又言顧命史臣作於通義也　於儒林傳作爲

故桓靈之際伯喈守巴　桓靈一本作靈帝案伯喈遷巴郡太守事在董卓專政時

蓋詳者可以覈羣說之紛　所以誤可以

朱輪之使　選注引作朱軒

然未礙之禾不曰粟　粟誤禾米誤粟

紛論既張　張一本作滋

周書補正校勘記

自序

蓋百篇之甹桝九流之蘿萌也　甹乃粤之誤

卷一

度訓解第一

陳逢衡逸周書補注　衡當從角從大從魚誤後不悉校

命訓解第二

廣韻釋詁一　雅誤韻

昭命以命之與此語例符　當作昭命而命正與此語例符

即常訓解所云醜明　應作明醜

謂當作勸之以忠是也　之以二字誤倒

常訓解第三

所云伍參　伍參兩字當互乙

文酌解第四
釋名釋兵云劍檢　檢下捝也字排比之誤
謂不違赦章　赦下章上脫罪之二字章下脫也字
即禮記悼耄不加刑　禮記下脫曲禮兩字悼下亦脫與字
俱屬鈔背之誤
一勝人必贏　贏當作羸形近之譌下同
下捝　當作字衍
然足此證文四教　此證二字誤倒
是即援拔之誼　是字上脫孔疏云凶橫自恣之貌九字
糴匡解第五
王乃召冢卿三老三吏大夫百執事之人　冢作冡形近之
訛餘不悉校
案初學記三十二　初學記止三十卷當作二十二

帷裳童容　容下挩也字當補

武稱解第六

案原本北堂書鈔一百十三　抄應作鈔餘同不備校

善勝惡　句上挩勇勝怯智勝愚六字

元文解第七

綏用口安　□作口非

詩召南摽梅疏　摽下有有字

士與下文毋協毋屬之部本篇由紀迄毋　三毋字均母字

之譌

蓋唐人恆書朋作冈也　冈譌作冈

不逃亡　不上挩言字

大武解第八

周書政有九因　書鈔引周書云征有九因因有四威今本

周書無九因因有四字

大明武解第九

考靈躍　躍乃曜之誤字

法用武衛大振背三十六乘　振扶之誤

張文虎舒蓺室隨筆　蓺作蓺形近之誤

大匡解第十一

故周書云　云字史記集解太平御覽引皆作曰

知已德盛而威行　已己之訛字

故云亦在岐山之陽　孔疏云作言

戍城不留　戍作戌形近之譌

不戍者又案戍城不留孔注戍上不字　三戍字俱戌之譌

述大祲禮作臺榭不塗　祲穀梁作侵

程典解第十二

竊擬請送二字　請送當作逆諸
有君而爲之貳也　也字上應叠之貳兩字
以備饑饉　饑管子實作飢宜從原文
茂勉稼穡也　從宋本勉字當叠
大開解第二十二
孔注存　存乃亡之誤字
文儆解第二十四
姚寬西溪叢話　語作話形近之訛
卷二
柔武解第二十六
不疑猶云一定　一當作不
大開武解第二十七
廣雅釋詁　詁下宜增三字

夷别也　别廣雅作敫

寶典解第二十九

法言孝行篇　法言無孝行篇所引乃法言序譔學行之文

頑愚　愚下捝也字

寤敬解第三十一

惟四月朔告儆　告上捝王字

武順解第三十二

元應眾經意義　元本作玄宜改正

武穆解第三十三

蓋隸書惡或作悳　悳字據隸釋卷四金石釋編卷八本

當作悪作悳或悳俱誤

和寤解第三十四

易訛爲要也　易字上當補見漢碑楊孟文頌七字

冢降惠言　冢誤冡下同不悉校

克殷解第三十六

數迵不符　迵乃迥之譌字

己超兵車三百乘之數　已誤己

羣賓䉛進曰　䉛僉誤

案周紀作自射　射下挩之字應補

金縷子輿王篇　樓譌作縷鈔背之誤

以本篇之文悉符史記　以字上當有竊字

惟孔注所據本己譌爲禮　己乃巳之譌當正

見薛尙功鐘鼎疑識卷十　欵誤疑又卷十當作卷十一

大聚解第三十九

桑俗作桒與卒俗作幸相似　桒作桒卒作卒俱屬鈔背之譌

世俘解第四十

孔廣森經學卮言　卮當作巵

四月朔日爲己丑　當作己丑

正周二月巳丑　己誤巳

故巳丑爲晦日　巳乃己誤

庚子陳本命伐磿　盧朱本作磨

武王乃以庶祀馘于國周廟　朱本國字在庶字下

御覽七百八十　八十兩字應互乙

珥或脫瑱　瑱脫誤倒

商誓解第四十三

薛氏鐘鼎疑識　疑欵誤

度邑解第四十四

宛瞻於千洛　當作宛瞻于伊洛

卷三

成開解第四十七

孔注當明謂五示示於民也　孔字應低一格

使刺譏之上　士誤上宜正

無不敬矣　無上脫官字

祈圻幾同　幾乃畿之誤字

又禮記王制篇史以獄成告於正　篇下史上一本有成獄

詞三字

作雒解第四十八

蔡霍所治以爲邶鄘　亦誤以邶孔注俱作鄁

此周初葬期不數閏月之徵　一作是周初葬期不數閏也

案尉補釋此語附錄所作鄁鄘衛考　鄁尉補原文作邶

至本篇上文所云　一本至作觀

孔注引賈逵云雉長三丈　疏作注記憶之誤

前編作十七里訛　一本作誤

官本於西下增八百里三字誤甚挩　挩字衍自係手民之誤

案大縣方王城三之一　案字當空一格

說文七變也　匕作七排比之訛

乃設邱兆於南郊　邱當作丘下同不悉校

其誼實合　合一本作允

無隙痕也　痕字從艮不從良作痕誤甚

尚書禹貢疏引韓詩外傳　一本疏上有孔字當據補

唐會要廿二載韋書夏議　叔誤書

書鈔八十九所引與御覽同　當作八十七七作九自屬記憶之誤

皇門解第四十九
正月己已朔二日庚午　下己字乃巳之譌下同
蓋言私賢人爲己臣　己作已形近之譌下同
案作字舊本蓋作忘古字作亡　亡當作亾
大戒解第五十
是求益之言　言下一本有也字應據補
周月解第五十一
天原發微卷三上　上字下有引字
案尚書堯典以閏月定四時成歲　閏作閏排比之誤
時訓解第五十二
別於汲冢周書之外　冢誤冢餘不備校
及御覽時序部所載唐月令以七十二候分配十四氣　配
字下捝二字當作分配二十四氣

又素問四氣調神大論書　篇誤書宜正
與隋志所錄劉暉歷略同　焯誤暉
惟改從冬至起箕　算作箕鈔背之訛
擬抄亦撮此書　篇誤書
案盧校云御覽作是爲否塞　作下挩桃始不華四字當補
馬蛙即馬蠲異字　異上當有之字
通卦驗鄭云　鄭下當增注字
御覽四十二　當作二十四
御覽二十五白帖三所引同　四作五記憶之誤
亦引作介　介下挩蟲字
東冬之字多轉入侵覃　覃乃覃誤下同
月令解第五十三
實則月采本係亡書　采從爪從木不從米

春爲牝　秋爲牡　當作春爲牡秋爲牝北堂書鈔乃作
春牝秋牡

存以俟攷　此下一本有「又案月令疏云賈逵馬融之
徒皆云月令周公所作故王肅用焉是賈馬說與蔡同
今觀季長注論語明引周書月令則指爲周公所作者
必即此篇此蓋東漢古文家相同之說月令鄭注以周
公作月令爲俗說蓋當此之時有以小戴月令亦出周
公者故鄭君斥其妄非指賈馬言也」一百九字應補

卷四

諡法解第五十四

仁聖聖明謚曰舜　聖明二字各本及書疏皆作盛明

賤人多累曰紂　仁誤人

淩雜韗淆　韗誤本作掍通假作混

然正義亦作開嗣王案　業誤案
與今本及史記正義均殊　一本殊下有「又上句注所賦
得簡通考賦作敷附誌於此」雙行小注十七字
宋張皤劉屏山先生諡議　皤作磻是
則舊本作直　直下挩理字鈔胥之誤
秦嘉譔輯世家兼取因事語補周書　家乃本之譌字
注唐會要七十九　注上挩李字當補
蔡邕傳注所載蔡攜碑未引諡法亦作守節　未作未形近
之譌
今考唐會典八十　要誤典
逃善不克曰丁　逃善乃述義之譌
孔注忘其愛已者也　已作巳形近之訛
郝本誤作精　誤字衍

引注恃外作博外交　恃上博上俱捝而字當并增

思慮深遠曰翼　此從朱本程本作思慮深遠曰囗盧本作思

　慮果遠曰翼通考前一條作思慮深遠曰翼後一條作

　思慮果敢曰趯

又引作誶　誶當作誶

劉熙曰謬差也　熈從𦣞從臣非下同不悉正

案史記正義作尊修也　修當作脩

卷五

嘗麥解第五十六

四月孟夏王初禱於周宗　周宗兩字當互乙餘同不悉校

正月已巳朔　已巳乃己巳之譌下同

王涉階　陟誤涉

筴告大宗　太作大誤

案路史國名紀一述此事作稽于熊　襢作稽形近之誤當
正
周書乃命少昊清　周書下當增曰字
大戴帝系篇作泜　泜作泯誤
馬當從孫記作爲　記乃說之譌字
埶又朁省國語楚語云居寢有朁御之臣　朁朁俱朁之誤
禮記曲禮上爲天子削爪者副之　瓜作爪鈔胥之譌
詩云不坼不副　㘿作圻誤
官人解第五十八
似揆考之以ㅁ以觀其信語　ㅁ當作口
其器寬以悌　器一作氣此從程本
今考險儉均斂叚　斂譌作歛餘不悉校
案原本玉篇臣部陰字注云　㠯作臣誤㠯續收玉篇作㠯

雖欲陽之隱嘉必見　陽字上宜增之字
驩以盡力而不回　不固譌作不回當正下同
王會解第五十九
方千里之外爲比服　内作外誤
王應麟補注　麟誤鄰後同不悉正
禮記明堂位周黄馬　周下挩人字
唐段成式酉陽雜俎十六云　爼乃俎之譌字
蟞幣二字　蟞幣依次當互乙
一名飛狐有五肉角　有上當增似狐兩字
汗簡載古文牙作瓦　瓦乃互譌
晉書音義引説文作虘　引字上有下字又虘作虘鈔錄之誤
則周書固有稃苡爲木之語矣　桴作稃誤

大夏茲白牛　茲乃玆之譌從二玄餘不悉正
是瑞應圖所據用書與劉賡同　周誤用
說文云古文簵從輅聲　輅當作簵說文大小徐本段注本
俱無聲字
鼓擬致字之訛　致乃致訛從夂
縛婁即符婁　縛誤縛
詳鄒漢勛讀書雜識　偶作雜誤
鬼與夔同　夔作蘷遂錄之譌從首餘同不悉校
案原本玉篇素部引罽作繝　素乃系譌
案慧琳音義卷五十卷八十引作驝駝卷五十三引橐作驝
當作卷五十一引作驝駝卷八十三引橐作驝
卷六
史記解第六十一

案路史後紀四作形賞無信隨財而行　四上挩十字隨上
有位字當補
謀主必畏其成　威作成形近之譌
妘姓封於會　路史後紀八會作𢊍下仍作會
蓋己作文　已作己形近之譌
路史後紀二國名紀六　當作七國名紀二
引作巧工即工巧倒文　當作引作工巧即巧工倒文
職方解第六十二
書曰竹箭如榗　榗誤搢下同不悉校
以明箭榗同讀　榗當作榗排比誤
後注出自宋人　彼作後形近之譌
太子晉解第六十四
案御三覽百八十八　三覽兩字當互乙

王佩解第六十五

孽子在聽內　孽乃正字作孽非餘同不備校

韋注云好內多孌妾專擅故適子　妾下捝也孌二字又擅

當作寵

殷祝解第六十六

孔所注之本已誤　已誤已

已國之治政在諸侯大夫士察之理在其與徒　諸本俱無

已字此蓋依潭本

周祝解第六十七

又韓非子揚權篇曰數披其本　木誤本

武紀解第六十八

事小一語與下文不類　事一本作體

銓法解第六十九

蓋據古播字作𡇴爲說　𡇴當作番

同音異字者鞠或作𥷨𥷨或作𩊛鞠趜𥶡　當作鞠或作

鞠鞫或作𥶡鞠趜𥶡

器服解第七十

然均以此爲本取以相勘訛文脫字　一本爲字上有篇字

勘字下有則字

猶此上器因五字亦與本篇首語相複也　因下捝名有三

三字應補

周書略說校勘記

思元賦注　元當作玄

嗣孔注僅存四十五篇　二作五或記憶之誤

今本莒篆貘篆所引是也　萺誤莒

故書名所著錄均冠汲冢　目作名涉筆之誤

牧民形勢之屬　形勢下當補版法明法四字

本書王子晉解　王子當作太子

所謂汲冢周書也　也上一本有是字

在寤通變權之所行庸傷翩反　變權字當互乙

晏子春秋校補挍勘記

內篇諫上第一

案北堂書抄一百四十八　抄當作鈔餘不備挍

天久不雨髮將焦身將熱　熱當作熱下同

于是景公出居野暴露　居野當作野居

恐及其身　諸本其悉作于作其非

兌上豐下　兌上豐下指成湯言此指伊尹當作豐上兌下

內篇諫下第二

是重歛於民　歛當作斂不悉挍

案姚寬西溪叢話　話乃語之誤

臨淄縣冢　冢訛作𡍼後同

御覽五百二十三玉海七十三引說苑作登酌　酌應作酎

形近之譌

內篇問上第三

案治要乎作于　治要下當補引字

雜志以此爲衍文　雜字上挩案字

案義當作羡　羡應作羑从㳄不从次後不悉挍

與問下佞人章　問下二字誤倒

豐羨誤爲豐義例同　爲字衍

下奚從同　從當作送作從誤甚

諫亦見容　各本俱作諫而見容

亡字恆誤乍　亡上當有古字

是故君臣無欲而百姓無怨也　無欲應作同欲

內篇問下第四

不以衆彊退人之君不以衆彊兼人之地　上衆字宜作威

內篇雜上第五

摧爲朴落　爲應作謂

左右所求法所予非法則否　下所字則字之譌

君有驕行　御覽四百八十八無四百二十八引晏子曰上有

惰君民多矯行又四百五十五晏子對曰民多諱上君

有驕行

孫子杜牧注　句末遺同字

案文選贈蔡子篤詩注　注字下應有引字

殘本秘府略引作遂告公庭

殘本秘府略引作去齊齊必來侵　右兩則先生手稿無

內篇雜下第六

案御覽九十四引作使楚王　語見類聚

御覽七百七十九又作楚王知其賢智故辱之　欲誤故

案類聚廿五作君坐定縳一人來　廿五下作字上挩引字

說苑作得無土地之然乎　之上當有使字

案左傳釋文本作蘊　左傳蘊原作薀

案說苑臣術篇厚施之人代君爲君也　篇下挩作字一本

代字上有是字有者是也

案治要輅車　輅上要下挩引字宜補

案論語八佾篇高注　高注係包注之誤

外篇重而異者第七

刑罪恐弗勝　罪當作罰形近之譌

案以上挩升四二字　以一本作此

是生臣而安母也　安下宜有死字此本誤挩

墨子公孟篇　篇下當有云字

是猶謂撅者不恭也　謂上挩果字果即裸倮之省文裸見

說文倮見玉篇

有納書景公者當校補　據誤作校

外篇不合經術者第八

揚干戚羽旄　羽旄上須補舊字

案文選陸雲答張然詩注引　張然當作張士然又引下落作字補入爲是

御覽九百五十一引作耆老　耆老上當有東海兩字引作鶬螟　鷦作鶬誤當正

晏子春秋逸文輯補挍勘記

今校讐之暇　今下當有於字

天子以天下　下天字衍

今書挩引此詩　今下書上當有本字

君之所以尊者令　今乃令字之誤宜正

所此爲元和郡縣圖志　所當作案

河南道六臨淄縣案引其文云　案當作所

人不衣褐　衣下遺裋字應補

案此文本書抄　當作案此爲原本書鈔

晏子春秋黃之寀本校記校勘記

內篇諫下

以邪　以上有君字今挩

內篇雜上

求所湛　三字衍

內篇雜下

心宮矩　以誤心

老子斠補挍勘記

道可道非常道名可名非常名

王注可道之道可名之名指事造形非其常也故不可道不可名也　先生手定本無此注似宜刪

唯夫與天地之剖判也俱生　地字上原有與字此本誤挩

不見可欲使民心不亂

案文選東都賦注　語見東京賦注今作東都乃記憶之誤

載營魄抱一能無離乎

當作見說別精　此當作精說別見之誤

滌除玄覽能無疵乎愛民治國能無知乎天門開闔能無雌乎

明白四達能無爲乎

王又作無以知　王下落本字宜補

如詩芄蘭　蘭上加衞風二字亦可

能以無知乎　以無淮南作無以誤倒應正

故貴以身爲天下若可寄天下愛以身爲天下若可託天下

此老子恆有焉字之徵　恆有作恆用義較長

焉即于字　字當作是

德者同於德

德好人也　河上注作德謂好德人也

爲天下谿

案淮南道應訓作以爲天下谿則古本似有以字淮南子道應訓作其爲天下谿　當作案淮南子道應訓作以爲天下谿則古本似有以字又作其爲天下谿

天下神器不可爲也爲者敗之執者失之

則本文不可爲也　爲也下須補下字

故失道而後德失德而後仁失仁而後義失義而後禮

如王注河上注之說　如上似應補一若字
地無以寧將恐發
左傳定三年廢於爐炭杜注廢墮也　墮杜注作隋
猶言將將崩圮也　將字當衍其一
聖人在天下歙歙爲天下渾其心聖人皆孩之
足證古本歙歙爲句　爲字應複此挩其一當作足證古本
歙歙爲爲句
釋文云歙也　歙當作斂从攴攵即攴也
生之徒十有三死之徒十有三人之生動之死地亦十有三
人之求生動作及之十三死也　及宜作反形近之譌
入軍不被甲兵
當以被爲長　被上遺作字補入爲是
老子古本　句首宜有則字

使我介然有知行於大道唯施是畏大道甚夷而民好徑

廣雅釋詁貌巧也　語見釋詁第三詁下當補三字

治大國若烹小鮮

既其澤　既上挩則字當據補

以輔萬物之自然而不敢爲

義輔字爲長　義下遺較字

不敢爲天下先故能成器長

成器者大官也　者上應有長字此本挩誤矣

故抗兵相加哀者勝矣

而不趣利害避　害避兩字當互乙

夫唯病病是以不病聖人不病以其病病是以不病

無以無病　上無字宜作是若作無字誤之甚矣

墨子拾補挍勘記

辭過第六

案樂與營同　樂當作榮形近之譌

包於四海之外　外應作內當斠正

尙同中第十二

案御覽七十七引尙同　上誤尙

兼愛中第十五

上賓於天　賓於宜作嬪于

兼愛下第十六

琢於盤盂　盤應作槃

非攻中第十八

往而靡獘　獘當作獘从犬

非攻下第十九

案見四十八　四十八應改八十四
今攷書鈔　鈔下遺一字
浦作斧　浦誤浦
節葬下第二十五
畢挍已改　已乃巳之誤字ㅁ微缺
非樂上第三十二
不可食糠糟　糠當作糠餘同不悉挍
非儒下第三十九
案御覽八百六十三引此句末有之字九百三引由作从
御覽八百六十三無此引當作案御覽九百三引此句
末有之字又引由作从
經上第四十
形見於形之稱也　下形字當作外

閒詁云疑當爲止是也　止當作正
與上句法所若而然也六字　也下六上挩相複以說證
之疑所若而然也十二字又六字當作五

經下第四十一
或春乃僑叚　僑當作偆形近之誤

經說上第四十二
則當作若姓氏儷　氏作字之誤勘正爲是

經說下第四十三
張惠言云此下衍　此當作次

貴義第四十七
顏挍季本　顏當作顧形近之誤

備城門第五十二
備引眾挍　一本挍下有依字

周官桓史　史乃吏訛
如城執也　執應作埶形近之譌
備高臨第五十三
今各本各二口　作誤各
備梯第五十六
攻其所𢢔之𢢔𢢔猶鄉也疏以攻其所𢢔爲司馬法文疑與
𢢔同　各𢢔字並當作㥏均形近之譌
號令第七十
忽訛悤　訛下似有爲字應補
案原本玉篇仄部　仄應作厂作仄誤甚

春秋繁露斠補挍勘記

卷上

楚莊王第一

物與制同　物應作誼

玉杯第二

苦與鹽同　鹽作鹽形近之譌

精華第五

通典通考引直並作貞　當作並引直作貞

王道第六

太玄耎卦　耎誤作耎從大

弒君三十二

二當六　當上脫作字

傳言弒而經卒書　卒書兩字誤倒

亡國五十一
戴望校語云　望當作朢
滅國第七　滅國下挩上字應補
重政第十三
案本書陰陽五行諸篇均云　云一本作言
服制象第十四
刀之存石　當作刀之在右
案初學記引無之字　無下當補上字
三代改制質文第二十三
今考此文多挩上語　語一本作句
四法修於所欲　故誤欲
服制第二十六
將軍大夫不得以朝　不得兩字各本無

諸侯不以燕　侯應作侯

度制第二十七

不與人利　利上當補爭字

卷中

奉本第三十四

至疑王字誤羑之文　羑應作羡从次餘同不悉挍

王道通三第四十四

謂陽正陰權陽實任陰　一本作謂陰雖權類陽實任之

同類相動第五十七

御覽酒作沉　酒當作湛

五行相生第五十九

農之本三字乃上篇之語　上字當作下

治水五行第六十一

易緯通卦驗曰　曰應作同
郊語第六十五
置棊頭局土　見御覽九百八十八土當作上形近之誤
一作貞　眞誤貞
頳爲赤色　爲一本作即
卷下
郊祭第六十七
或同用陽月　復作月誤甚
順命篇第七十
公羊文十六年傳云大夫弑君稱君氏　下君字當作名
郊事對第七十一
案御覽九百九十　九十應作十九
執贄第七十二　贄當作贄餘不備挍

故大夫以贄　以字下誤挩爲字補入爲是

案類聚八十二　三誤作二

山川頌第七十三

山則巃嵸𡾋崔𡽱嵬嶵巍　嶊誤作𡽱一本無嶊字

韓詩外傳作飛烏集　烏當作鳥

萬物就以化絜　以乃此之訛絜當從刀不从力下同不

悉正

此文作而意與之符　一本之字作以

求雨第七十四

市中亦置一猳豬　一本作市中亦置猳豬一

通考又引作無遇　遇當作過

夜擊鼓燥而燔之　燥程盧各本俱作譟

止雨第七十五

案盧本改庚申爲甲甲　下甲字申之誤
四年徙江都　四應作二
循天之道第七十七
案下云　一本云作文
弗爲適之而已矣　之原書作中
天地之行第七十八
漂當作僄同　作字應作與
如天之爲第八十
易否卦疇離祉　祉誤社

楊子法言校補校勘記

裕孚既校楊子法言校補訖復得先生手稾數頁亦題法言校補與前互見異同有足資參證者不忍割棄因刊諸校勘記中片玉碎金都爲瓌寶固不妨兼收並載也鄭裕孚記

吾未見好斧藻其德若斧藻其楶者也學行

李注斧藻猶刻桷丹楹之飾楶櫨也　案好字後人所增也既言斧藻則不必更有好字太平御覽一百八十八引此文無好字此古本無好字之確證

然亦有苦乎曰顏苦孔之卓之至也

考異云宋吳本無之至二字溫公從之　案之至二字非衍文修身篇公儀子董仲舒之才之邵也與此句詞例正同之卓之至猶言卓且至也蓋或人以顏子所苦爲問楊子答之謂顏之所苦在于孔子之道既卓且至難于躋及故曰顏苦

孔之卓之至也不得以之至爲衍文

或問蒼蠅紅紫（吾子）

李注蒼蠅間于白黑俞云蒼蠅則何間白黑之有疑原文本作蒼駹　案俞說無他證且蠅駹字形匪近李注所言本屬古訓詩小雅青蠅鄭箋已標此義文選曹子建贈白馬王詩曰蒼蠅間白黑蓋蒼蠅能淆黑白故凡黑白相淆者以蒼蠅爲喻蒼蠅能淆黑白與紅紫之亂朱物異而有害于色則同故楊子並言之俞蓋未達斯旨

曰子戶乎曰戶哉戶哉

案御覽一百八十四引此無上曰字戶哉戶哉作我戶哉無下戶哉二字我戶哉與子戶乎相應似屬古本

它則苓（問道）

管子宙合篇云明乃哲哲乃明奮乃苓明哲乃大行下文釋之云奮盛苓落也

宋注苓當爲蒙吳注苓苓耳也苓耳徒有其名而無聆聞之實俞云當讀爲笭言如車笭也　案吾子篇云好說而不要乎仲尼說鈴也李注鈴以喻小聲此文之苓蓋卽彼鈴字之叚字也言惟聖人能開明餘皆所聞弗遠也李于此文無注蓋以鈴字已注釋于前苓與鈴同故不加訓釋此苓當作鈴之確據（此條改前作）

聖人以不手爲聖人（問神）

李注手者桎梏之屬宋注當作干吳注手持也執也雖以非禮見囚終不能執而戮之俞云手當爲午午牾也不午者不逆也　案上云龍以不制爲龍其上又言聖人不制則何爲乎羑里則手義當與制近手乃扌之誤也扌即古埶字見說文我部說文云𠂹草木華葉下𠂹𠂹恆作垂荀子富國篇垂事養民楊注下也則𠂹有降抑之義不𠂹者猶言不屈不抑

也言文王雖囚終不因囚而詘故曰不𠦪蓋或人以不受拘
執爲不制揚子以志不屈抑爲不制也古𠦪字恆書作手故
說苑權謀篇東郭垂呂覽重言作牙牙即手字之訛是古籍
恆用手字也

至書之不備者過半矣而習者不知

李注本百篇今五十九故曰過半　案李合後世僞古文尚
書數之故曰五十九若揚子所言則指今文二十八篇言故
曰不備者過半然其說足破漢博士以尚書爲備者之妄

九齡而與我玄文

李注童烏九齡而與揚子論玄　案與猶舉也舉訓左傳襄
二十七年使舉此禮之舉與我玄文猶言記誦太玄之文也
李說非

議其教化先知

案議讀若儀儀爲儀型之儀猶言準一其教化也

修之以禮義則下多德讓

案修當作循循與順同說文循順行也淮南本經訓五星循軌高注順也循之以禮義猶言順之以禮義也古籍循修互訛說別見

守失其徼重黎

音義徼或作徽　案作徽是也尒雅釋詁徽善也書堯典愼徽五典徽亦訓善即媺字之叚失其徽者猶言失其善也宋嘉祐本正作徽

天胙光德而隕明忒

李注天之所福光顯有德而令當作今隕之者明乎秦楚忒惡之所致　案明借爲盲賈誼新書大政篇曰萌之爲言也盲也明叚爲盲猶萌之訓盲也與望諸即萌都莔通作蝱詩鄘風載馳毛傳蝱貝母也尒雅釋草作莔同例白虎通八風篇云清明者青芒也亦

其證呂氏春秋音初篇云天大風晦盲高注盲瞑也則明弍之義與光德相反光德者明而善也明弍者闇而惡也言天于明而善者賜以福闇而惡者覆其位明弍與光德對文李說非是

自令之間而不違

李注自令與始皇併心爲無道　案令與善同之與是同自令之間而不違猶言獨善於無道之朝而不去也之間指秦之朝廷言

始六之詔

攷異云溫公曰李本作始六世之詔宋吳本作始六之詔音義曰天復本作始元之初今從之盧云宋本作始六之詔案如天復本文理最順但未知李本如是否宋吳本尚可通若監本則不可通矣宋刻既與宋吳同今姑從宋吳本　案作

始六世之詔是也六世者漢由高祖至武帝計六君也詔謂制令之屬尒雅釋詁訓基爲始始猶基也始六世之詔者言霍光之治以先世之制令爲其基猶言本六世之令也與賈誼新書過秦篇奮六世之餘烈詞例相似作始元之初者則俗儒不達始字之義所妄改也宋嘉祐本亦作始六世之詔

欒布之不塗

案不塗猶言不僞飾言布哭彭越順情而發對於高祖不飾僞言也嘉祐本作倍疑後人所改

攀龍鱗附鳳翼巽以揚之淵騫

攷異云案温公曰宋吳本作巽以揚之今從李本而今本仍與宋吳本同盧云李本巽作翼又云有誤今姑缺疑以上考異俞云李本無巽字亦無他字今各本皆作巽以揚之蓋據宋吳本案巽字係衍文卽翼字訛文之併入者也今當據李本刪

忠不足相也

李注相助也兪云相與觀近　案相當作楣晏子春秋雜下望之相相然王氏雜志云相當作楣說文楣高皃此文訛楣爲相與彼同例忠不足楣猶言忠不足崇也

焉可謂之義也

李注義者臣子死節乎君親之款也　案李注欵字係難字之訛宋嘉祐本正作難

有李仲元者人也

案李仲元見華陽國志名弘成都人志載其事甚詳又三國志蜀秦宓傳載宓與王商書論嚴君平李弘立祠事即其人也又下文不屈其意華陽國志引意作志

或問泰和曰其在唐虞成周乎孝至

案文選曹子建求自試表李注引此文泰作太乎作也此係

故本也與邪同後人不達其義改也爲乎文選注引李注有
天下太和四字今挩